日冷 著

豪筵影戏

中国财富出版社有限公司

U0575895

图书在版编目（CIP）数据

豪筵影戏／白冷著. —北京：中国财富出版社有限公司，2023.8
（2024.1重印）

ISBN 978 - 7 - 5047 - 7973 - 1

Ⅰ.①豪… Ⅱ.①白… Ⅲ.①推理小说—中国—当代 Ⅳ.①I247.5

中国国家版本馆 CIP 数据核字（2023）第 157992 号

| 策划编辑 | 张彩霞 | 责任编辑 | 张红燕 陆 叙 | 版权编辑 | 李 洋 |
| 责任印制 | 梁 凡 | 责任校对 | 张营营 | 责任发行 | 杨恩磊 |

出版发行	中国财富出版社有限公司		
社　　址	北京市丰台区南四环西路 188 号 5 区 20 楼　邮政编码　100070		
电　　话	010 - 52227588 转 2098（发行部）　010 - 52227588 转 321（总编室）		
	010 - 52227566（24 小时读者服务）　010 - 52227588 转 305（质检部）		
网　　址	http://www.cfpress.com.cn	排　版	宝蕾元
经　　销	新华书店	印　刷	北京九州迅驰传媒文化有限公司
书　　号	ISBN 978 - 7 - 5047 - 7973 - 1/I · 0364		
开　　本	880mm × 1230mm 1/32	版　次	2023 年 9 月第 1 版
印　　张	8.5	印　次	2024 年 1 月第 2 次印刷
字　　数	191 千字	定　价	48.00 元

献给我的兄长杨振龙，
他把理想主义的色彩涂进我的世界。

内容简介

　　上海是座让人想哭的城市，多少身影，多少烟云……到了上海，一切都已不在。

　　北洋时代的上海滩，一个青年以绝症之躯直入富婆洞府，残命相搏——新婚夜，发生全上海意料中的谋杀。侦探冷眼旁观婚礼，案发后在豪宅上下踏勘，发现自己被当作棋子，轻笑，指出真凶。

目 录

contents

引子

他，闭目，在候诊室的椅上。

耳边是两个小开的絮叨。

"八娘又招婿了，你去不去？"抖落报纸的声音。

"我看我看，哼，这个八娘，比上次结婚时更胖了。"

"你快去入赘，家资百万，你发达了，可不要忘了兄弟我哟。"

"嗯，我倒是十分乐意，只是我一人只应付得来四娘，需得你我兄弟二人同往，分别值更前后半夜，方可应付八娘。"大笑声。

护士出来低声制止，并叫："陈秀城。"

护士引他坐到诊室的椅上。

洋人医生，灯箱，X 光片，"陈先生，情况不太好。"

"是那种病？"

"是的，肺结核。"

他吐气，沉默。

"可以考虑人工气胸。"

"不用。"他推门出去，"大夫客气了。"

报贩喊叫："八娘再下战表，至今无男人接应！"上海滩，传遍。

纱厂，一个俏丽的姑娘在下班的人流中，路边的小伙，腼腆地笑，背后藏着一束花。

姑娘接过的花，被一把夺下，陈秀城用花抽打小伙，狠狠地，小伙逃开。

"哥哥，你干吗?"

"小瘪三，别再打我妹妹的主意!"他拽走妹妹。小伙在远处，捂着痛脸，观望。

妹妹哭了一路，他一言不发，不放手。

直到租住的房子，"你要找配得上你的男人。"任由妹妹跑进屋去哭。他和苦力们混住，却不许妹妹住多人间。他特意为妹妹租了间单室，干净，漂亮，有花。

镇江的乡下，陈家没了人。兄妹漂在上海，妹在纱厂，兄在饭店开电梯。穷人家长大的哥哥莫名其妙，认定他和妹妹的未来似锦。今天，肺痨，仅有，妹妹的未来。

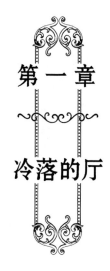

第 一 章

冷落的厅

陈秀城按门铃，院门上的洞，亮出门人的脸，"您是？"

他手中卷着的报纸送进去，报上是八娘的照片。"您稍候。"报纸不见了，门人穿花坛，进楼。

"来了一位。"门人向管家递上报纸。

太师椅上养神的管家睁眼，接报纸，"嗯，请进来吧。"

厨房里吃饭的下人们跑到窗边看。女佣整整衣服，跟门人出去。

拉开院门，门人躬身，女佣道声"请"。陈秀城跟着她，低目，走在花间小径，不去看那座四层的洋楼，辉煌。

他走进下人们的视线。看见他不高，很瘦，司机冷笑，女佣们和厨师也笑。管家看一眼他们，下人们走开。

大厅里，秀城觉得自己渺小，所以让脸平静，气息如不动的水，宽阔的大理石台阶上不见那位女人出现。

管家站着，点头："请坐，看茶。"

女佣放下茶，管家到比人高的立钟旁边打电话，然后，不见了。秀城坐着，在空荡的大厅里。

这样的冷场，似是羞辱，该不该走开？在肺痨之前，他会，但那之前，这个地方，他不会来。得了肺痨，他来，为了陈家。对妹妹，他有一句话："我要为你挣一个将来。"话没有出口。

女佣出来，续茶，走开。

他冷坐在大厅里，只看院里的树，听立钟摆动的声音。这座钟，这座楼，必将姓陈。这冷落我的厅，必将热闹地跑跳着陈家小妹的儿女。

女佣第二次续茶后，院里开进了一辆轿车。一个年轻女人进了大厅，妖艳的脸和裙。"是你吗？"一边摘着细薄的手套，一边问。

"您是？"秀城倾身，茫然问，心想八娘不是这样年轻。

"哼，我是太平公主。"她走向一扇门，打开，"过来呀，进来。"他不知该不该去，她不耐烦，"不知道太平公主是干什么的吗？"

他走过去，进门，门被关上。

大厅里，只剩下立钟的摆声。

女人开门出来，管家在等，旁边的小童端着木托盘，上面是用绸子卷着的一摞大洋，女佣双手捧着洗手盆。女人在盆里洗手，"还行，就是身体不太好，熬不过三个月，反正八娘也不在乎天长地久。"

管家点头，没有开口。

女人拿上钱，出门，汽车声，出了院子。

管家等他出来，向他点一下头，他跟了管家，从立钟前走过，管家拉动一扇栅栏，"哗啦"一声回荡在冷清的厅里，让他的心晃动。是一台电梯，管家看看他，他进电梯。管家留在外面，拉上栅栏，关门，说："三楼。"走开了。

电梯很小，他不习惯，比他在酒店开的小很多。他找到按键，按3。电梯动起来，他站好，大厅滑向他的脚下，管家早已不见，但他觉得，那双眼仍在盯着他，管家的寡言，他要小心。

电梯经过二层，透过栅栏，仍是满眼的奢华。停了，三层。栅栏外，一名干净的丫鬟，静静的，好看，眼睛没有神。她拉开透明的玻璃门，然后是栅栏，他出来，闻到一丝气味，他没有吸过，但他知道那是什么。她走在前面，进了一个不大的房间，烟榻上以手支头侧躺一个女人，脸向里，胖，中年，在看报上的股票行情，八娘。

八娘侧头看一眼他，又看一眼，丢下报，翻转身，手在枕上支着头，"是个俊男哪。"挥了下手，丫鬟搬过椅子，秀城在女人面前坐了。

"哪里人？"

"镇江。"

"在上海多久了？"

"三年。"

"做什么？"

"礼查饭店，开电梯。"

八娘没听，随口问，只在看，秀城英俊的脸。

"好吧。"八娘向丫鬟打个手势。

丫鬟领他回电梯，上到四层。电梯窄小，丫鬟的气息年轻，他不看，不闻，他知道，这不是他要的，他不该想。

四层的电梯外，一间巨大的卧室，像饭店的大堂。一张巨大的床，帷幔高挑，他的目光留在床上，又跳落到别处，他怕丫鬟看出，他在审视那床，就像审视礼查饭店启动电梯的铜扳手，他挣钱的工具。墙上，几支细剑，插在一个好看的木托上，摆成花开的样子。

丫鬟引他进了一扇小门，他在饭店上班，所以认得，那是浴缸。丫鬟放水，立直身，等着他。"好，我自己来。"他等丫鬟出去，她站在那里，不动，他明白了，当面把身子洗了一遍。

他裹紧浴袍，出来。八娘在梳妆台卸妆，看他，一笑。这笑，竟有些甜。她褪下戒指，他看见，戒指上有一颗宝石，红的。

底楼，餐厅，八娘保留着这座房子里的洋味，长长的桌。八娘挨着秀城占了桌子一角，身后侍立着管家、丫鬟和女佣。他很累，身上是八娘的睡衣，他盯着从没吃过的菜，挑动自己，用食欲压住睡意。

"先住下吧，然后再定。"八娘往他碗里夹菜。

他看着碗，点头。

女佣换走他面前的碟子，他忙说："您客气。"八娘笑。

"听听戏吧。"八娘从零食盘里拿起一根烟叼上，看着他吃，丫鬟转燃打火机，管家开了柜上的收音机。

"工部局邀请杜月笙先生斡旋罢工。"收音机转台到京戏，锣鼓的吵闹，秀城不再感觉被人盯着，大口吃，他要保持体力，下午和晚上，补足八次之数。

八娘哼着戏，无聊的手掐了他的脸，他压住怒气，看一眼一起拥挤在电梯里的丫鬟，装作有丫鬟在，不好意思。其实，丫鬟一直在，床边，桌边。他在装，不露出怒气，他恨，恨肥胖的八娘，家资百万的富婆，他不让自己看八娘的

豪筵影戏

眼，那双色眯眯的笑目里，是喜欢，他要恨，到时才能抖擞起杀心。

他克制住为人开电梯门的习惯。丫鬟拉开栅栏，推开透亮的玻璃门，立在那里扶住门，八娘走过，丫鬟松了手去跟八娘，门弹向他，他慌忙地推住门，他知道，他还不是这里的男主人。

管家站在开着的门里，八娘唱着花脸的唱段，屁股落在烟榻上，"给他准备了吗？"管家点头。

"来，香①一筒。"八娘拍拍榻，要他过去。

他摇头，他猜，八娘在试探，他立在门口，不肯向前，他的身体足可应付鸦片的药力，他用不着。

"马蹄土，你没见过的，来。"

他摇头，管家在弄烟，盘子里有两支烟枪，他摇头，更用力地摇，"我今天吃过酒。"

"噢，那算了。你去上面听电台吧，等我。"八娘说。身后的窗外，梧桐树，衬着她，竟有些悦目。

秀城退出烟室，丫鬟关门，已走向电梯的他见无人，回身，迈步大理石台阶，为的是打量未来的陈府，看四周，思忖如何下手。

卧室的双扇门，气派得像饭店的宴会厅，他拧动金黄的把手，进去，靠门而立，细细地移动目光，那架巨大的床，发出叫声扑向他，那声音是八娘的，像起风时的江水。侧窗外的确有江流过，越过那棵梧桐的树梢，秀城看远处的驳船。

---

① 香：作动词，相当于吸烟的吸。

正面是阳台，左右各有一扇窗，下面是院子，花坛，棕榈树，两旁的白桦，院墙。有个人在院前无人的街上张望，对秀城举起一个东西，照相机，他认出那个东西，饭店来往的客人给他很多见识，他从窗前闪开。

他数了墙上的剑，八支。

打开床边柜上的收音机，他规矩地坐在椅上，不听，闭目，在心里下棋。

八娘上来时带着烟土的气息，甜，腻得粘人。秀城被一双胖臂勒得强忍住咳，决不能咳，怕有血丝，幸好，电话响。电话响着，不见丫鬟的动静，秀城奇怪。八娘的脚划开幔帐，扔出床上的小绒球，打到床边端坐的丫鬟的肩，冲她在耳边比画了一下，丫鬟起身，一双手伸进幔帐，捧着电话机。

八娘拿起话筒，"哈啰，江太太……这种时候还能有谁，只有你江太才会在我高兴的时候搅我的好事……"秀城看着捧电话机的那双好看的手，暗惊，聋女，这么精致的丫鬟。

八娘放下话筒，好看的手出了幔帐，"把那个给我。"八娘坐起来，向床头伸手，秀城看看，一根缀满流苏的绳，他递给八娘，她拉了拉绳，丢开，搂他，攥住他的下巴，色色地，看他的眼、眉、鼻。秀城怕了一下，怕八娘咬他的脸。

浴室，洗澡，八娘抚他的身。

"去挑一身衣服，要来客人。"八娘要他跟着丫鬟。

二楼，深深的衣帽间，丫鬟拉开角落里的一间柜子，等在一边。长衫，西装，各色各样，大小不一，前夫们的。秀城试穿，宽大或紧瘦，他皱了眉，摘了件西服穿上，挽起袖口，口袋里响起叮当声，一个绸袋里有四个银洋。

　　　　　　　　　　豪筵影戏

八娘在立钟旁，喇叭形的耳机盖住耳朵，对着墙上的送话筒骂人："你为什么鼓动我买虎牌红纱，吃里爬外的东西，拿老娘的钱送人情。说，怎么办？放屁，你册那①给我滚出上海滩！"

八娘挂上耳机，回身看见台阶上走下来的秀城，大笑，坐到沙发上，招他近前，冲他身后的丫鬟比画了一下，替他放下袖口，丫鬟捧来剪刀，八娘抻着袖子，剪去了两截袖口。再看秀城，身长臂短，八娘对厨房出来的管家说："明天请裁缝来吧。"管家犹豫了一下，点头，没说话，没看秀城。

女佣放下茶，回厨房，低声道："各位各位，请裁缝啦！"

"什么，刚刚下午已经试完了，八次？"面点女工抬头，大睁着眼。

炒锅厨师择菜，"男爵中计喽，男爵中计喽。"

"不会吧，猴子也不会这样利索，你一定是听错了的。"闲坐的司机抽着烟。

"哪里会错，我刚刚亲耳听到的。"

"男爵中计喽。"

"啊，中什么计？"女佣问。

"美人计，你没看那小伙，脸俊俊的，八娘不叫八娘，叫白娘喽。"

"白娘？白娘子，许仙？嗯。"

"八娘减价大牺牲啦？"司机说，"我说这个小子瘦得火柴一样，怎么这么棒，看来是下面不行，上面行。"

---

① 册那：他妈的之类的脏话。

汽车喇叭声，"江太来了。"司机忙把烟按灭，放在窗台边，从厨房后门出去。

前后两辆车已经停好，白桦树间的甬道上，一个高个儿漂亮女人站在车边，手搭在肩上，拎着挂在衣架上的一件长裙，看自己的司机打开后备箱。女人一身旗袍，眉尖常蹙，面有烦色，"龙虾是美国船运来的，没几天就会烂的，告诉厨师今天做一半好了。酒送到前面来。"两个司机应着，抬装着冰块的铁箱。跑来一个女佣，鞠躬行礼，替女人拿了长裙。

另一个女人从后面的车下来，干瘦，郁郁寡欢。

两个女人上台阶，管家恭候，开门，八娘远坐在沙发上，指间夹着烟，笑而不语，秀城站起来。

"今天怎么这么静，听不见你骂人。"江太进门，见秀城，"这是谁？"

八娘抽着烟，笑，秀城躬身，"江太太好。"然后看着江太身后的女人，不知如何称呼。

"李小姐，自家人，不用客气，你坐吧。"八娘说。

年近四十，竟是小姐？"李小姐好。"秀城不敢坐。

江太摘手套，扔在女佣端的托盘里，一直盯着秀城看，"你从哪里找来的？刚回上海就听说你又闹腾，不会这么快就有上门的吧？"

八娘"哼"的一声笑，不说话。

"真是送上门的？我说呢，你怎么突然换菜系了。"

"少胡说。千金，你也坐。"

江太坐下，李小姐脸阴阴的，勉强地近前，坐了。

秀城坐下，看眼前低阔的茶台，躲两个女人的眼。好看的少年和漂亮的少女一样，心细，能感觉到人的目光里有没有欣赏，他知道，两个女人在看他的英俊，只是，李小姐的眼里，哪里来的恨意？

丫鬟端来咖啡，先敬了两位客人，留托盘在茶台上。八娘对管家说："你去吧。"管家去了。

江太放下咖啡，从托盘上的木匣里捏出一支烟，"行吗他？"江太把烟叼在嘴上，丫鬟伸出打火机，江太深吸，向秀城远远地吐烟。

八娘也吐了一口烟，向江太，"你说呢？"

秀城不羞不怒，他已经提醒过自己，为什么而来，在那架大床上，不住地提醒，每时每刻。

李小姐站起身，皱着眉走向窗前，摆弄雏菊的叶。八娘撇嘴，扬眉，向江太示意李小姐的形迹。

"差点忘了，"江太去墙边，摘下耳机，摇了手柄，"我要南区，五一二三……董老板吗，对，是我，嗯，你把我的意思讲清没有？他那样子造楼毁我的风水……这话是他说的吗？谅他也不敢。董老板，那块地皮是他的地皮，自然是他想怎么造楼就怎么造，可是呢，他要是一门心思这样造，你告诉他，马上停工！董老板，帮我把话传过去，一切好说，航运的执照嘛，下个月来领。"

江太回来坐，八娘说："看你这圈子绕的，董老板要是装傻，就是不肯出钱替你买地看你怎么办，干吗不痛痛快快说一句'拿钱来换执照'。"

"想得容易，人家各方打点花了二三十万大洋了，我凭空插一手，换了你能轻易节外生枝多掏一笔？"

"你们两口子双簧演得好，男的收了钱给人家写了执照，女的一把抢过来非要再过一道手。天下乌鸦一般黑，夫妻两口都是鬼。"

"废话，要是有办法谁费这个脑子，这些日子钱紧得很。"

"谁让你有喜好呢，啊？"八娘拍旁边椅上端坐的秀城的腿。"不然，把秀城给你，要不要？"

"看你迷得，摸摸你的心还在吗？跑他的裤子里去了吧。我要，你给吗？"

"你们干什么哪！我走了。"李小姐低头，向门走去。

"哎，小姐小姐，"八娘起身道，"咱的千金大小姐，李大小姐，"搂住肩，半推半送地过来，将她按在沙发上，一指江太，"都是你，没有一句正经，满嘴的阿飞浪话，害得我们李大小姐黄花闺女，听也不是，不听也不是。"李千金更烦，拧肩膀从沙发起身，被八娘按住坐回去。"我错了，我错了，千金多包涵，多包涵。干正事，玩牌玩牌，不扯淡。三缺一，你找了谁了？"

"申胖子，应该到了。"江太起身，到牌桌打开麻将盒，倒出牌来。

"这个汉奸，一点规矩不懂。"八娘拉李千金到牌桌，哗啦啦地把牌抹匀。"来，坐这边来。"秀城立起，走来，坐下。

"是他要找机会见你，跟我说了好几次了。"

"见我干吗，我有阵子没理他了。"

"托你递名帖给黄金荣，能拜师更好，不能拜师当个朋友走动也行。"

"想都别想，他做汉奸，谁愿意沾他。黄老板能收他的帖子？我不管。"

"你怎么知道人家是汉奸，谁也没凭没据，都是乱说。"

"哼，我这丫头还不知道他的底细吗？"

"对了，忘了她了，"江太看着八娘身后立着的丫鬟，"你让她回避回避，免得见了姓申的害怕。"

"不用，这半年跟着我出去遇见过几次那个蛮子，没事了。"

李千金码好面前的牌，"没人能玩吗？"

八娘问秀城："你会吗？"

"我只会牌九。"

"叫管家来。"江太去拿桌上的铃铛，八娘把铃铛推远。

"他在上面上供呢，不要叫他，玩得没意思。把你报社那小瘪三叫进来吧。"

"今天什么日子上供？哼，因为他是吧，"江太看秀城，"啊，是太快活，觉得对不起老罗宋①了。你刚说谁？"江太问。

"老跟着你照相的那个，叫什么来的？"

"陆舟？在哪里呢？"

"在我房子前转了好几天了。"

"是吗，来个人把他叫进来。"

八娘指了指下人的房间，丫鬟去了，小童随丫鬟到八娘面前，听了吩咐，出去找了门人，门人打开院门，冲一棵树喊："叫你进去哪。"树后闪出人来，脖子上挂着相机，听到门人

---

① 罗宋：旧译，俄罗斯。

低低地喊一声"江老板叫你"，忙走来，随小童进院，进厅。

那人脖挂相机，手拿礼帽，哈腰，"男爵好，李小姐好。"看了眼秀城，干笑一下，转面看江太，"夫人有什么吩咐？"

"坐下吧，缺人，玩儿把，等人来了你再走。"江太说。

李千金低头，锁眉，低低的声说："你先让他洗手去，把牌摸脏了怎么玩呀！"

"去洗手去，陆记者，又是上树又是爬墙，脏脏的，别招我们小姐烦。"八娘说。

"是。"陆记者把相机放在椅边的小几上，礼帽挂在椅把上，径直去了洗手间。

八娘扔出骰子，看了，开始抓牌，丫鬟站着，替陆记者抓牌。记者返回，接过女佣送来的咖啡，仰脖饮尽。

"在外面站几天了？"八娘看牌，出牌。

"今天，只一天。"

江太琢磨着抓到的牌，"还能几天，昨天我去妇幼院剪彩，他跟我去的。"

八娘问："拍着了吗？"

陆舟偷眼看秀城，"拍得不清楚，是个侧影，这位先生上午进门的时候。"

"交出来吧。"

"这个，男爵……"

"过几天婚礼，让你拍个够。"八娘打出一张牌。

"男爵说的是，"陆舟掀开相机匣，捏出一块胶版，"只是，那天还请男爵不要让别家记者拍照。"

"那自然，照片肯定给你独家。"

"还有，男爵，我已经给报社去了电话，明天的早报等着照片用，还是得容我拍一张男爵您的，不然报纸就开天窗了。"

"还是在床上的？上次不是拍过了？"

"这次是这次，哪能用上次的混人，这点信誉我们小报还是应该有的。"

"好吧，等晚一点有空吧。"

"谢谢男爵。"陆舟送上胶版。

"只这一张吗？"八娘拿了，指甲划开，扯了，扔在烟灰缸里，秀城看见胶版上写的"少年"两字，丫鬟端走，换来干净的。

"只这一张，再没别的机会，男爵请看，只带了两块胶版出来。"陆舟拿出一张没启封的胶版。

门人进来，立在门口，捧着个盒子，等着八娘问。

"什么事？"

"申老板的司机来过，送了这个，说申老板突然有事耽误了，改在晚饭后过来。"

"拿过来我看看。"

门人把盒子举向前，丫鬟过去接下，送到八娘身边，打开，八娘手扶着牌，侧头看一眼，点头，丫鬟捧走盒子。"姓申的还算懂事，知道看着他我吃不下饭。"

"碰。"江太扔牌。"人家怎么不懂事了，这盒烟膏少说一百五十个大洋。"

"你这么替他说话，一定截和了更多好处吧？"

"哼，你别眼红，和他来往你吃过亏吗，哪次你都拿到好处，我给你们圆场，连你都该谢我。烟呢？"江太在椅边的茶几上没摸到香烟。

见丫鬟不在，秀城起身去沙发前的茶台，拿了盒纸烟回来。

"人家不吸，江太只吸骆驼的。和了。"八娘推牌，对秀城说："你不用管，坐你的。"他看那烟，大欧亚牌。

秀城陪坐一旁，笔直的身，渐渐软了。

管家来说："厨房准备好了。"

"饿不饿？"八娘抓牌，不看，用指尖摸牌面，"八万。"扔掉。

"该吃了，把龙虾做了，随便加几个菜。"江太吩咐，管家去了。

"让你的司机去五芳斋帮我买几样点心来。"李小姐对江太说。

八娘摸李小姐的手，李小姐躲开。"这辈子不吃我家的饭。要不把秀城给你，算是我还你的，抢你一个，还你一个，你看秀城这脸，你当初那未婚夫可比得了？你不要，我可让给江太了啊，你看江太看秀城那眼神。"

李小姐低头抓牌，出牌。

"看你那副样子，吃了蜜的狗熊似的。别理她，唐僧还得八十一难，你作了孽，不把自己扒层皮，休想我们饶了你。"江太喝光咖啡，举起杯子，依旧看着牌，丫鬟看见，过来续上。

"我随便玩玩而已，哪里知道大小姐这么大脾气，婚都不结了。"

"满城风雨的，还结什么婚。"

李小姐烦了，大声地说："你们还玩不玩了？"一直不敢出声的陆舟吓了一跳。

秀城坐直了身。

"快少多嘴吧，大小姐动怒咱们吃不消的。不过，江太，我们当真要为大小姐操操心了，等我的事办妥了，就开始操办，只要我活着，一定给大小姐找个如意郎君，留过洋的。"

秀城的目光抖动，八娘的话不吉利，真有这等事，一语成谶。

"这张支票你开了四年了。"江太厌烦地看抓到的牌。

餐厅，管家看着女佣们来往，菜齐后，出去到牌桌，立到八娘身后。各人算计完输赢，"大小姐请入席，那，我们少陪了啊！"八娘吩咐管家，"把按摩婆招来，给李小姐做个按摩。"

李小姐留在牌桌前，江太对陆舟说："你也吃去吧。"
"是，夫人。谢谢男爵。"记者去了厨房，秀城跟在八娘身后，陪着江太进餐厅。

丫鬟给江太倒了酒，江太指指八娘的酒杯，丫鬟没动。"白兰地，我验过的，真货，法国的。"

八娘打哈欠，"我香过烟了。秀城喝一点吧！"

江太的指头远远地点了下秀城的杯子，丫鬟倒酒。"来，为标致，干杯。"江太冲秀城举杯，秀城忙站起，俯过身去，碰杯。

八娘看江太脸上的春色，"江太果真动心了，不过，他不一样，不会的。"

"哼，我倒要看看，大娘子①。"

八娘对管家摆了下头，管家离去。

"江太好年轻，勿忘了，要是咱们桃园三结义，你可是刘皇叔哎！不过嘛，既然是好姐妹，我可以要秀城让你香香②面皮。"

秀城吃饭，踢了下八娘的脚。

江太吃了半只虾，说句"慢吃"，仰脸起身。八娘得意的目光看着她出去，然后吃完，要了热毛巾，擦了手，对秀城说："吃完来找我。"带着丫鬟去了。

他吃掉了两只虾，丫鬟进来，端着热毛巾的盘，立到秀城旁。他忍住食欲，取了毛巾，擦净手和嘴，起身。丫鬟用盘装上酒和杯，秀城跟在她身后。

一级级台阶，二楼，墙壁上的八娘看他，一幅巨大的油画。秀城的头不动，眼动，这里的一切，比礼查饭店更堂皇，干一场，再一次鼓动自己。丫鬟单手托盘，开门，秀城跟进去，另一间卧室？有床，大床。他突然站住，沙发上的江太看他，抽烟，静静地。丫鬟进去放下酒和杯在茶几上，从他身边走过，退出，关上门。

"过来坐。"江太按灭了烟，倒酒，两杯。

秀城的眼只看江太，猜八娘藏身的地方，一间柜子，在听，在看。他走近，不肯坐。"知道我是谁吗？"

秀城摇头。

---

① 大娘子：上海话中对男小女大的夫妻中的妻子的称呼。
② 香：作动词，亲吻之意。

豪筵影戏

"我也很有钱，她能给你的，我都能给，还能更多。你想想，她能怎么给你，每月一点零花钱罢了，嗯？"

他装作躲她的目光，看她身后，墙上的相片，江太背靠汽车，两手撑在引擎盖上，仰着脸，故作娇羞，向他诱惑地笑。想不到，江太竟有这样的脸孔。

"跟着我吧，什么都能有，还不用那么累。"江太把酒递向他，他接了，两手握住，低头，看着酒。"你以为你能熬过她？以前几个男人什么下场，侬晓得吧。有一个黄包车夫，壮得像牛，出去的时候像猴子了。她不会把钱留给别人的，侬还不晓得管家吧，她的青梅竹马，情没了，义还在，八娘在乎的是他。"

秀城惊了。他想放下酒杯，走，出这房间，出这楼，这院，到街上走。不能回出租屋了，不能去饭店了，他不愿染病给别人。刚刚还以为和富人只有一把匕首的距离，却原来仍像那只兔子，遥不可及。坐在水塘边的台阶上，童年的他，看月亮，想成为那只人人仰视的兔。再没有巨万家资留给小妹，他只有沿着江边走，走，然后躺下，一个痨鬼，眼睛朝着流淌的江水。

江太看到他的脸僵着，"怎么样，嗯？再想想。"她在沙发上举杯，秀城真的再想了想，松开握杯的手，碰杯，给了江太一个"一切皆有可能"的笑，他真的在这样想，一切皆有可能，他和那只兔，天上人间。

江太想拉他坐下，他提起江太的手，用饭店里看到的样子，亲了一下，放下杯子，走到门口，开门，转身向江太躬身，眼睛借机在房间里转了一圈，没有衣柜，八娘不在，只有一支立式衣架，挂着江太带来的长裙。

他下了两级台阶，一层的大厅安静，他停步，逐一看二层的每扇房门，紧闭，无声。他迈步三层，得尽快让八娘看到他，看到他没和江太一起太久。一座门边坐着两个女佣，见他来了，一个女佣站起，进门去。他走近，坐着的女佣摇摇头，"男爵在按摩。"他不甘心，想让八娘看到他。

进去的女佣从里面开了门，扶住门，随时关门的样子，他明白，在门口站住，趴在按摩床上的八娘，欢快地扬手，冲他打了个无声的招呼，另一张按摩床上的李小姐脸朝里，似在睡着，一个印度女人在八娘的后背涂泥。八娘向上指指，女佣关了门。

八娘要他去顶层卧室，他进了电梯，不去四层，按了1，他要会一会管家。

陆舟在牌桌旁摆弄相机，听见电梯声，见是秀城，不知如何是好地笑笑，躬了躬身。秀城点点头，不再理睬，去敲门，曾见小童进出的那扇。门开了，果然是小童。他正要问，看见铃铛，从楼板的洞悬下来，他想起卧室大床边的那根绳。他进去，关上门，看着铃铛问："你在这里听铃铛？拉一下是什么意思？"

"找娘姨①上去。"

"两下哝？"

"要点心。三下是找管家伯伯。"

"我刚才见拉了好几下。"

---

① 娘姨：旧时的上海对女佣的称呼。

豪筵影戏

"两下是要来客人，停一停，再一下，是江太太要来。"

"管家伯伯在哪里？"

小童指指墙，秀城掏口袋，给了他一个银洋，笑笑，出来，敲隔壁的门。

门立刻开了，管家愣在门口，秀城向他的身后扫一眼，江太说的是，八娘在乎他，虽是值班坐更之处，小巧房间里陈设奢华。秀城拉过管家的手，握握，笑，回了电梯。陆舟手忙脚乱，装底片，举起相机，题目已然想好，"八娘的初恋和新欢"，错过了。

电梯升起的时候，管家在看，在想。秀城却没有看管家，看到了陆舟垂下的照相机，遗憾的脸。

四层的电梯门的压花玻璃，看不透，他拉开栅栏，推门，一片暗，不觉间，天色已晚，门框边摸索，开灯，亮了，不见人。他坐在床上，八娘还会来，他饿，拉了两下铃，委顿在床上，闭目，在心里下棋。象棋久已不下，没有对手，他只有和自己对弈，在需要聚敛心思的时候。

迟迟不见点心送上来，他猛起身，电梯门开着，他忘了关。推上门，电梯下行，返回，多了一架带轮的小桌，他拉出，到椅边，吃桌上的点心，喝茶。

丫鬟推开电梯门，八娘裹着长单，看见他在吃点心，一笑，去了浴室，丫鬟帮她洗去泥，她擦着头发出来，扔下浴巾，躺在床上，笑看他。他用茶把点心冲下去，放茶杯的手停在桌上，站起，不让八娘看出他撑了桌，膝盖发软，尽快动手才好，在耗尽身体之前。

牌桌，陆舟洗牌。缺了江太，秀城帮着抓牌，八娘皱鼻子，"这个江太，照起镜子没个完。江太两大嗜好，男人和衣服，挑剔得很。"江太从台阶下来，细长的烟嘴举在脸旁，一袭长裙，贵妇风骚。

八娘开始码牌，"英国的轮船，法国的裁缝，江太这件裙子可有些不上等级呀，我告诉过你，英国的裁缝不行，明天我请法国裁缝来，顺便给你做几件？"江太哼一声，坐了秀城让出的椅子。

李小姐调大收音机音量，坐回牌桌，顺序抓牌，收音机里各色新闻。

八娘向秀城絮叨，"江太家里四间衣帽间，春夏秋冬，一件衣服一年只穿一次，一天更衣三次，你算算，多少件？"挑逗江太，"有用吗？"

"走着瞧。"

"哼，不服气，我这里都自摸和了，你就是抓个杠上开花有什么用。"

收音机软绵绵的女声，"日本铜厂五名工会工人失踪，据说有失踪工人家属接到过报平安电话，目前只是被绑架囚禁，尚无生命危险。前不久，纱厂工会正在酝酿罢工，由此各方猜测此次绑架是日本厂方所为，租界工部局向日本厂主施加压力，厂主辩护自称守法商人，邀请巡捕房入厂搜查，租界警方搜查之后，果然没有发现受困工人。目前巡捕暗探正在整个上海滩四处打探，后续消息本台随时播报。"

"看看，姓申的干的好事。"

"日本人干的事，你怎么扯上他了。"江太说。

"一下子绑了五个，把人塞车里送走，至少得二十个人手，这么大动静，要是日本人，在上海滩窜来窜去能不被人注意吗？等姓申的来了你问他，不是他我把烟戒了。"

江太不语，众人默默打牌。

"下面是梨园清唱，各位有幸欣赏敝台今天请到的两位名角，张兰兰和李春庆。"

李小姐起身，被江太止住，"干什么，听吧。"

"就是，江太太是什么心胸，还在乎她，让她唱。"八娘说，"我说江家大奶奶，这次办事我估计没别的人可请，只能是她，不是我看得起她，她唱两段，逗客人高兴，张兰兰这块牌子热闹。"

"请吧，请吧，不用闲话。"

"谢谢江大奶奶。"

司机从厅门进来，两手握着一个铁皮圆盒，无声无息，先去墙边拉下一块布来，又到对面掀开盖布亮出一个黑机器，鼓捣一番，又在窗前留声机放下一张唱片，司机等着，然后咔吧一声，秀城看懂是放电影，却见司机放了几次唱针，声音老是不准，八娘叼烟过去，重开了机器，拎起唱针，盯着画面，抓机会一放，音画严丝合缝。先是一个汽车顶在路边树上，一个洋人被围观，唱片里说了时间地点，法国佬酒后撞树。然后是一群中国男人从大楼里出来，在台阶上寒暄道别，唱片里讲了，秀城听不懂是什么事情。八娘扭头看一眼，"江南书局火拼还请了黄老板了。"秀城在银幕上找，不认识哪个是黄金荣。

然后是一个全家福，唱片说里边的那个女人自杀了。"这是你拍到的那个？"江太抬眼看银幕。

"是。"陆舟答。

房间门半开，一个女人和门里边的男人亲嘴的照片。

"谁呀?"八娘问。

"明珠董事局一个董事的老婆。"

"跳江的那个? 是她呀，可惜了这脸蛋。你是怎么拍到的?"八娘看银幕上的女人。

"从她家跟到饭店，在她对面开了房间，等了一个钟头。"

"这张卖了多少钱?"

陆舟惭笑，"七十银圆。"

电影里忽然出现江太，在画得花里胡哨的假幕景里，先是一张字幕，一句一句的似是诗，题目是《美梦神》，然后江太唱起来，声音好听，秀城竟有些醉。

"你就不能学个新歌?"八娘听腻的表情。

两声喇叭，院门响动，"姓申的来了。"八娘说。江太三个指头拎起铃铛，晃晃，管家出现，江太指外面，"来客人了。"

管家扶门。

高声快步，天津口音，由远而近，"来晚了，来晚了，来晚了。"陆舟离开牌桌，站到远处。秀城欠身，看八娘，见她只顾看牌，便落座不动。

"请安了，请安了，您老各位好，您老各位好。"来人矮胖，油亮脑门，拱手直到八娘身旁。"八娘，久违了久违了，老长时间没好意思登您老的门了。"

"嗯，坐吧。"

"这把算了，重新来吧。"江太要推牌。

申老板转到空位。"不必，不必，接着来，接着来。"坐下看牌，女佣放下茶。

管家在远处的太师椅坐着伺候。八娘看江太，不见反应，"江太有事问你。""啊，什么事，江太？"

"玩你的，没事。"

申老板看牌桌的三个女人，秀城想对他点头施礼，他却一直不看。"有什么事只管问，姐姐妹妹用得上申某，是我的福分。"

"关了那个。"八娘指电影机，躲到沙发上的陆舟忙去找司机出来关了。"你从哪里来呀？"

"收账去了，有几个地方拿了我的货，仨月结账。"

"那五个人你打算什么时候放啊？"

"啊，哪五个人？"

"日本铜厂的。"

"八娘开玩笑，那事跟我有嘛关系，又不是我绑的。"

"八娘我在上海滩混二十年了，这么件小事我看不明白吗？"

"您老哪么认准了是我呢？"

"童男童女也不是你干的吗？"

申老板看八娘身后的丫鬟，"那是我手下干的，再说那是花几百大洋从孩子亲爹亲妈手里买的，又不是拍花子骗的。"

"什么童男童女？"江太直起脖子。

"让他自己说。"

"好几年前的事了，日本人盖工厂，建一个烟筒，九丈高。建到六丈就倒，建到六丈就倒，建了四次，倒了四次。有个半仙去了，说那地方几百年前是个庙，得祭童男童女。"

"你就替日本人把事办了？真晦气，以后别找我给你办事。"

"江太息怒，息怒，我也觉得这事没人性，把那个手下打一顿，赶走了，从那事以后，我再没和日本人来往。我说八娘啊，您老别再听这朝鲜丫头比画，她一个高丽人，一句中国话不懂，又是个聋子，我的事她要看得明白了，她成神仙了。"喝茶，放杯，"管家，麻烦你了。"

管家取了壶，续茶。八娘笑。

"您老笑嘛？"申老板问。

"笑你做贼心虚。"江太招手，抽完的烟嘴递给丫鬟。

"嘛？噢，不用这丫头倒水。咳，谁叫我亏心呢，高丽人心狠，万一给我下个毒唔的，就亏大发了。人哪，不能嘛福都享，每个礼拜揍她两回，快活了我这拳头，我这心就得提着。"

"别上脸，谁夸你呢。"八娘说。

"她欠揍，五百大洋买的她，敢不听话。"

"说漏嘴了吧，不是一千买的吗！哎，我的。"八娘拿李小姐扔的牌。

"嘿，我这嘴，言多必失。"

"哼，我可记着你，我的钱你也敢挣。"

"别急啊，八娘，今儿这牌桌上就还给您老。给您，看牌。"申老板亮手里的牌，递给八娘。

"你好好玩！"江太说。

申老板缩回手。

"不急，你的账慢慢算。"八娘说。

"我说，当初您老跟我要这丫头说又聋又哑用着踏实，我这还没跟您老要手工费呢，她耳聪目明，还是大户人家出身，那派头比您老还大呢，我打了她半年才成这样，费我多少手艺。"

"你的意思，我还得再给你一千是吗？"

"我的意思，您老别见外，咱俩谁跟谁呀，我离了天津卫这几年，整个上海滩我就看你八娘顺眼……"

"别说了别说了，真恶心。"

李小姐一声笑，马上平静了脸，看牌。

"是是，我癞蛤蟆咬天鹅。"申老板第一次正眼看秀城。"小伙挺俊哪，来喝夺命酒的？"八娘摔牌，怒视，他手掌一挡。"小伙子，你知道什么叫般配吗？年纪，品貌，家产，你说，哪一样你和八娘般配？"

秀城低目，看眼前的牌桌。

"事定了吗？"申老板看江太，江太不答，他掏出几张银票，用拇指一张张往桌上按，"三千五，八百，两千七，一千九。管家过来。"摘下金表，放在银票上，管家立到身后。"替我给这小伙送过去。"

管家不动，看八娘。八娘看牌。

管家捧起银票和表，绕过江太，放在桌角，秀城的眼前。

"知道我是谁嘛？我叫申英。我姓申的在道上混，说假话丢不起脸，从此走路头朝下。小伙子，喝八娘的酒，非死即残，这是一万大洋，你攥在手里出这个门，有了钱，还留了小命。我姓申的绝不找你算后账。"

静，众人的目光。

秀城低头，金表秒针的声音，"老板忘了，看般配，还要看名分。"

"哪么地，你还有名分和八娘配得上啊？"

"八娘之名，"秀城抬头，平静的眼，看申英，"有一个'八'。"

静，大笑，江太和八娘。申英也跟着笑，讪讪地，然后大笑。李千金扫视一圈，不笑，看牌。丫鬟、管家不笑。沙发上的陆舟在黑影里暗笑。

早上，陈家小妹跑到弄堂里，对一扇在地面上露出半截的窗喊哥哥。

混住的地下室乱哄哄，有人喊："别吵了，你哥不在。"

"春生哥，春生哥，我哥昨夜里没回来吗？"

"等我看一下。没有，被子没有动过。"

"这个陈秀城，也不给个消息，去哪里了。"

"被绑票了。""烟花街去了。""亲哥哥没了，我做你的郎哥哥呗？"窗洞臭烘烘的一片笑。

"陈秀龄，电话。"街上照相馆的伙计在弄堂口，喊她。

她跑去，从照相馆的柜台上拿起话筒，"你是谁？哥，你在哪里？有事情？你到底在哪里？你真的没出事？那你为什么不回来，你上班去了吗？什么，不去礼查了，这么好的工不做了？"

三层，电梯门边墙上的电话，"我的事你放心，我过几天再打给你。"秀城挂耳机在墙上，耳边仍是小妹的声音，忽然，他的后背感觉到眼睛，是管家，立在楼梯栏杆旁。

"裁缝来了。"管家说。

豪筵影戏

他点点头，不用电梯，走过去，随管家下楼，为解释，"是我妹妹。"

管家不语，一路下去，在二楼停住，望墙上的画像，八娘穿着罗宋古装，"她也是，"秀城不懂，等着，"我的妹妹。"

秀城定住，管家的背影下了楼，才懂，那是一句警告。

厅里，八娘端正站立，一个洋人用尺子量她的臂。"来，让米谢先生做几件衣服。"

秀城下台阶，女佣过来，帮他脱外衣。

洋裁缝"麦呵西①"一声量完了八娘，转向秀城，"蛮好！"量他的肩。

八娘笑，"米谢先生只学会一句中国话，见谁都是'蛮好'。你在饭店会几句洋文吧？"

秀城说："会哈喽，包叔②，还有数数。"

"啊，包叔。"米谢听到秀城的话，高兴地回道。

管家走近八娘，低语，八娘说："让他进来。"

管家看门人，门人退出，很快领了人进来，干瘦的男人，一袭旗袍，细链耳环，谄笑，远远地立着。

八娘不看来人，不时和米谢说几句秀城听不懂的法语。

米谢量完，八娘送到厅门，米谢躬身，管家送他上车，出院。八娘远远地走向沙发，看了眼等在角落的旗袍，"过来说话。"

那人被松了狗绳般，大声说着走近，"八娘，您瘦了，更

---

① 麦呵西：法语，谢谢。
② 包叔：法语，你好。

漂亮了!"

八娘坐下,手扇了扇,"放你奶奶的屁。"秀城拿起沙发前宽大低台上的报纸,坐了,打开,昨晚拍的照片上了报,八娘横陈在床上向镜头笑,背后是那八支好看的细剑。"四千块,怎么办?"八娘懒懒的声音。

"我错了,八娘,我该死,还请八娘看在以往为八娘效力的分上。"

"少来放屁,哪次赚了分成少你的?"

"是是,我知错,听凭八娘处置。"

"你值四千吗?"

"那,这样,八娘,我这两天又看好了大洋船运和香港平地,估计三个月内有能抛的点,捞回一两千是不成问题的,我和其他几位老板也说了,钱家和吴家已经进去了。"

"看准了吗?"

"看准了,明天开盘再看看动静,到时我请您的示下。"

"嗯,你坐。我寻你来还有事,我又要办事,这次要好好办一办,头头脸脸的人物多请一些来。你帮我想想请谁,然后帮我送一送请帖。"

"这个容易,您交给我就是了。"

"还有,唱戏的,请一两个来。"

"北京的好角眼下都没在上海。"

"张兰兰就行。"

"她倒也配得上,只是她的票已经卖到下个月了,天天要上场。"

"在场子唱完了来也行,不怕晚。"

"八娘容我想一想，如今是江秘书长在捧她，靠山这样硬，她的架子自然大，得托一托关系。对了，八娘不请江太吗？江秘书长和兰老板的事，江太那天要是见了她，怕要不高兴。"

"没事。"

"那就好办，我一定给八娘办好。哪天是大喜之日？"

"过几天定。"

"恭喜八娘。八娘还有旁的事吗？"

"没了，这些你替我办好就是。"

"一定一定，那，八娘我先告辞了。"

"嗯。"那人往门去了，八娘坐着转向秀城，脸一下子喜兴了，"能看报纸，认得多少字呀？"

"不多，只够用。"

八娘摸他的脸，"乖，去酒店住几天好不好？这次婚礼我要正正经经地办，你等那天再露面。"

秀城不懂，但点头。

"那好，走。"八娘挽了他，向外走，"路上让司机陪你买几件衣服，临时穿一穿。酒店的饭菜早上、中午凑合吃一吃，晚上不要吃，我叫厨房做了给你送去。"

小童关上后备箱，司机抱来收音机放在副座，管家开着车门。坐进车，秀城忽然想起，从车窗间，"哪家饭店？"

"当然礼查啦。"八娘说。

"不行，"他推开门，踏出一只脚。

"为什么？"八娘看着不语的秀城，"噢，对了，那换一家，汇中吧。"对管家说，"给他们打个电话。"

八娘拍拍他的脸，汽车出院门。

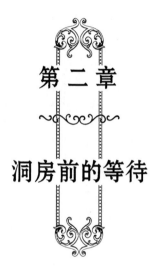

第 二 章

洞房前的等待

第一次坐轿车，他新鲜地看，把玩车门的把手，忽然看见有块镜子里有司机的眼睛，便坐直，看车外。

他已不是昨天的秀城，那时，他有一百零三块大洋存款，现在，他有百万银圆的期票，新的秀城看车外，熟悉的上海，像水洗过一样。

有人认得八娘的车，商场经理跑来，接进去陪着试了两件衣服，亲自送到车上。

换下的西服里剩下三块银洋，秀城攥在手里。他不再看繁华的街，闭目，想一口棺材，为压住一个念头，封了盖的棺材，他在里面，世界在外面，那个念头是："活下去多好。"

三个门童，捧衣，提箱，抱着收音机，秀城的腿硬直，只看门童的后背，以为大堂的人在看。身后的司机暗笑，没人看秀城，酒店的下人成了客人，这份尊贵让他慌。

给小费的时候，他忍住，那三块银洋他要自己用。"在我这里。"司机把收音机插好电，跑过来给了每个门童几个银毫，"辛苦了。"

司机躬身退出，关门。

他转了一圈，没有地方藏着人。困意，舒服的困，躺下，沉进柔软的床，才发觉过去的一天一夜，紧张。

沉梦，敲门，已是晚饭时分，门童端进食匣，八娘的女佣摆餐，秀城去浴室用凉水冲脸，为的是躲开小费。

他睡眼呆望，佳肴，久不见食欲涌动。他去窗前，八娘的车还在，他忙坐到桌边，吞吃，几口之后，食欲上来，吃光。

电话铃响，他四处找，客厅的墙上。摘下听话筒，是八娘，缠绵的话。送话筒在墙上，他站着听。女佣来过，收走碗盘，他拿起听话筒，八娘继续。

八娘叮嘱他记住婚礼的程序，拜堂，还有证婚，还有喝酒，还有唱戏，还有来宾要客。他一一记了。

之后，秀城闭目在床上，一夜不眠。

早上，他叫通电话到照相馆，小妹这个礼拜上中班，此刻应该在。听话筒扣着耳朵，他等着，照相馆的伙计去喊人了，许久才回，小妹的声音："喂，你是谁？"

"喂，是我。你今天去一趟同乡会。"

"哥，你回来吗？"

"你先听我说，你今天去一趟同乡会，请人帮咱上坟。"

"上坟，现在上坟？为什么？"

"求爹妈保佑。"

"哥你出什么事了？你回来吗？"

"我没事，我很好。秀龄，你记着咱们刚来上海的时候，你去帮人①，那个林少奶奶吗？"

"林少奶奶，我记得，她怎么了？"

"你要学她的样子，以后，你要像她那样活。"

---

① 帮人：帮佣，去人家做佣人。

豪筵影戏

"你说什么呢，哥，我怎么能学阔太太。你说的都是什么呀，你在干什么事情？哥你别说了，我害怕。"

"别怕，以后你要下南洋，住那里。"

有人敲门，是侍应生，八娘的电话打不进来，让前台派人来催挂电话。

"秀龄，记住，上坟。"

挂了电话，马上，铃响，八娘。"和谁通电话呢？妹妹，噢，也在上海吗？做什么呢？不要做工了，要她来一起住吧。"秀城不作声。"你不要出去，我来接你。"

"去哪里？"

"去问一问结婚的好日子。"

他应了一个"好"，却是一惊，怎么办！黄大仙算命如神，会不会看破？

穿着新衣下楼，八娘见了，喜欢得当街抓抓胳膊，拍拍脸，拉进车，香面皮。街上的人看，前排的司机、丫鬟不看。

"我想做事情。"路上，他说。

"做事，做什么事？"

他看着车外，街上的黄包车，"出差公司①。"

八娘眨眨眼，笑，"那得要好几万大洋呢。不过，是个好事情，能赚钱。买哪个牌子的车来做，想好了吗？"

"你定，便宜的就好。"

"嗯，其他呢，执照、司机？"

"江太行不行？"

---

① 出差公司：出租车公司。

"江太帮你执照，嗯。司机呢？"

"我找几个人，手脚机灵的，找师傅教开车。"

"你呀，脸长得好，脑袋也蛮灵光，好吧。"

一座小楼，大门洞开。

八娘携了秀城进去，丫鬟随后，捧着小匣。

"两位洪福，请说个字来。"一个汉子，也不请茶让座，迎面笑道，不见一点仙气。八娘看秀城，"你说一个字。"

"囍。"他选了一个字，不带杀意。

那人听了，沉默良久，才道："大婚之日，龙凤宾天。"

"请大仙开释。"八娘皱了眉。

"囍字看似喜气，却是两个吉字，下边两口棺材。吉字又分上下，上边的士字乃是兵器，下边的口，原是盛放兵器之物，在此乃是伤口，刀口。"

八娘低了头。秀城慌了，口内慢慢说道："请您选个日期，破解一下。"

"洪福请看那囍字下边，两具棺椁已然封灵，一切都已盖棺论定，无破解之法。"

八娘做了个手势，丫鬟留下木匣，秀城随八娘退出。

八娘不语，一直看车外，秀城也看，选一条合适的街，不能再等，她舍不得他，会问："不结婚行不行？"他不能让八娘的话出口。

"停车。"窄街，清静，他喊了停。擎起八娘的手，吻住，抬脸，珍重道别的目光，回身，开门，飞快地下车，向后走，给八娘一个义无反顾的背影，让她看呆。

他走，快步。八娘会跟来吗？他不知道，八娘没问过他的

豪筵影戏

住处，不知哪里去寻，放他离去，针落大海。

转过一个街角，又转过一个，十步之内，必有刹车声，如果没有，他回家乡的江边，在无人处躺下。一声刹车，尖厉，刹在左前方，车门开处，八娘四肢大张，迎面而来，抓住他的手。不行，他继续走，不要扯不要拽，得是拥抱。八娘一个熊抱，零星的街人傻看，窃笑。

秀城回抱胖胖的腰身，这一刻，他是真心的，"这个女人不怕死，为了我。"

他双眼上望，"老天，当我和她是殉情吧！""我杀死她，不久，我也死。"

鸿运楼老板亲自开的车门，下车，秀城扫见街对面的测字摊。八娘挽秀城的臂，掌柜领着一群跑堂分列两旁，一楼的客人交口议论，老妻少夫，夺目。二楼，有客人起身，打躬作揖，八娘颔首。老板引入包间，三五个跑堂一阵忙乎，八娘再三请老板坐了，商量了几日之后派主厨做婚宴掌勺，秀城听了，放下心。掌柜的送上菜单，点了菜，老板引众人退出。丫鬟侍立，八娘攥着秀城的手。

"差一点让你走掉，不过，你走了，我去礼查找你。"

秀城看茶杯，羞涩，"我不会在那里。"

"那我就问礼查的人你住哪里。"

"我也不会在。"

"你去哪里？"

"不知道，除了上海。"

八娘不语，拉过秀城的手贴在脸上。

"其实，我想的第一个字不是囍。"

"是什么字？"

"不吉利。"

"没关系，什么字？"

"兇。"

"怎么不早说，吉利不吉利你哪里知道。来人！"

门外跑堂进来请吩咐。

"哪里有测字的，请一位来。"

片刻，对面字摊的先生点头哈腰立在面前。"先生好，请问先生，兇字，怎么解？"八娘说。

先生语塞，来回看二人，秀城的眼睛，闪出柔软的亲切。

"敢问您，可是吉兇的兇？"

秀城点头，温和地。

"敢问，所占何事？"

"婚事。"八娘道。

"若占婚事，此字大吉。"

"怎么解？"八娘坐直了身。

"您二位请看，兇字上面是凵字，一个敞口的匣子，里边半个爻字，二位请仔细看，这半个爻字实是上面的半个，上为乾，下为坤，乾为男，坤为女。这兇字的意思是，若得男子，必有儿孙。因此说，这桩婚事，大吉。"

"还有儿孙？"八娘惊奇。

"正是。"

"先生仙居？"

"不敢，在下栖身居福里，弄堂底就是。在下的字摊就在街对面。"

八娘掏出一张单据，写了几笔，"不要嫌少，先生收下。若是应验，那时再来看先生，送先生一两间屋当卦室。"先生千恩万谢地去了。

旁边雅座的客人要进来敬酒，八娘忙迎出去，把人引开。

只剩下丫鬟在，秀城倒了一杯水，给她，她摇头，秀城举着，她接过一口饮尽。秀城比画往嘴里送，手蘸茶水写个"吃"，让她看，指她，比画"吃"，秀城见她不敢答应，笑了，又写了"点心""饭"之类。

秀城长出气，栽到床上。八娘没有上来，他静静地在床上，想一个人，想知道那人的消息——余仕在哪里，那位侦探。

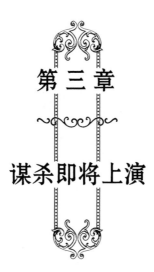

第 三 章

谋杀即将上演

八娘府，上上下下，忙碌。

四层，梳妆室，电影公司的化妆师在八娘脸上忙碌，门开着，传来不知哪里的收音机的声音。

"这里是上海之声，我是汪润，鄙台今天暂停所有其他节目，为夫人、小姐、先生们直播冬宫花园举行的上海闻人八娘的大婚典礼。同时，为了应对可能发生的意外谋杀，在永安百货公司楼顶，鄙台安排好烽火台，如果直播的现场真有惨案发生，请诸位注意，鄙台将燃放三响礼花，向上海滩各界朋友通告，届时请您收听鄙台节目，您将收听到鄙台直播的凶案现场情况。这里是上海之声，我是汪润，首先为您介绍鄙台请来的嘉宾，司晋龙先生。司先生恕罪，称您为先生，我颇有一些忐忑，您拜师先总统袁大总统的二公子袁克文、袁寒云门下。袁公子声震南北中国，大字辈，您自然是通字辈了。按辈分，偌大的上海滩和司先生平起平坐的能有几人？所以我称您先生，是高攀了。"

"不敢不敢，江湖辈分岂敢在贵电台这样高雅之地提。我看出来了，汪润先生口蜜腹剑，和贵电台一样居心叵测，这次直播八娘婚礼，贵电台邀我来，无非是借我辈分大嘴也大，信口胡言，说个痛快。"

"晋龙先生冤枉汪润和鄙台了，我辈岂敢。"

"不打紧，正要解说个鞭辟入里，给听者诸君一个酣畅淋漓。汪润老弟，你买了八娘死还是活？黄金荣大世界设的这个赌局箱子可太大了，他这也是乘势而为。"

"晋龙先生，今天八娘婚礼，上海滩万众瞩目，都是因为《晶报》登出的那封来信，只有九个字：新郎必杀八娘于婚礼。"

"我已然说过，我对这封信的来历有几个猜测，最为靠谱的猜测嘛，就是这信乃是八娘自己炮制。"

"怎么，司先生是说，八娘……?"

"哗众取宠，自抬身价。"

"我有些明白您的意思了。"

"我追寻师父南下，一到上海，便对八娘有所耳闻，我当时颇有疑惑，以为八娘只是绰号，不可当面称呼，谁知竟然人人当面口称八娘，八娘却不以为忤，觉得理所当然。而且，几次迎娶男宾都是堂而皇之，大宴宾客，如此行事岂不叫人疑惑？"

"先生之见是……?"

"久居上海我才明白，十里洋场，鱼龙混杂，人外有人，山外有山，而且，上海滩不比京城，京城乃政府要地，高低贵贱以官职相看。此地则不然，上海滩华夷杂处，官气不旺，三六九等，以名望见高低。八娘一介女流，前夫故后，独撑家业，如果不时时闹出一点动静，再是有钱，也和土财主一般无二。有钱无势，是上海滩的大忌，迟早被人暗算明夺了去。故而，隔个一年半载，八娘就要高张艳帜，借色博名，名色双

豪筵影戏

收，如今名气大了，哪个还敢算计她。"

"八娘恕罪，晋龙先生随口一谈，还望八娘大人大量。晋龙先生，说起来，八娘这个称号还是令师寒云先生所赠。"

"哦，真的？怪不得是个北方的称呼，八娘，孙二娘。"

"说起这封信，我很是费解，晋龙先生，真的只是玩笑吗?"

"十有六七是个玩笑，再者，你看看今天的赌局，全上海闻风而动，争相下注，海量利润，由此看，这杀人预告不是八娘，就是黄金荣故意为之啊。"

"玩笑之说看来是成立的。"

"不过，有几个人，心怀几分杀机，有于八娘不利之心。"

"谁？晋龙先生请开讲。"

"我听说有个股票掮客，亏了八娘一万大洋。这人好穿旗袍，半男不女。八娘眼里不揉沙子，追究起来，他怕是只剩半条性命。想要八娘死的，他算是一个。也有人说，今天的赌局就是这个人的主意，替八娘捞一些回来，也算赔偿八娘。"

"我也略微听说过此人，女人装扮，大家误会他有断袖之癖，后来发现不是，不好男风，只是好穿女服，假男风。"

"假男风，哈哈，贾南风，倒像是说八娘了。不仅这位'旗袍男'，再说一个，也有嫌疑，一位老处女，大欧亚牌香烟的李福续家的千金……"

"大欧亚香烟闻名遐迩啊。晋龙先生，如果八娘真遭不测，最可疑的会是哪位?"

"啊，明白了，大欧亚在贵台有大笔广告，对不住，让汪润先生尴尬了。说到最可疑的人嘛，自然是上海滩人人议论、万夫所指的新郎了。"

他，闭目，在沙发上，收音机的声音。"如果八娘不测，凶手必是此人无疑。我虽对此人知之不详，但报载，从冬宫花园下人口里流传出来的，这位新郎和以往八娘的男宠不同，生得年轻貌美，似潘安宋玉。而且，这次不同以往，八娘把未婚夫藏得严严实实，外人不得见，想这八娘就是要给众位一个惊艳的亮相。这样一位翩翩少年应招进府，不为财，难道还是为八娘的色吗？"

一个娇弱女声插入："冬宫赌局，冬宫赌局，现在仍在接受下注，现在仍在接受下注。另有彩票发行，欢迎各界人士踊跃购买。"

"依您所说，新郎为财而来，可是，他非杀八娘不可吗，两人白头偕老共享八娘的财产不更稳妥吗？"

"汪润先生好一个伪君子，身为男人却装作不知，哪个男人不想财色双收？腰缠万贯，陪着八娘终老，守着银山当和尚，不说美貌少年，就是你我这样姿色平平之辈，可甘心乎？"

"晋龙先生推己及人，一针见血。夫人们，小姐们，先生们，这里是上海之声，我是汪润，鄙台正在直播中，有请各位收听，同时也请各位互相转告，注意鄙台在永安百货公司楼顶安排的烽火讯号，如有惨案发生，将有三响礼花震动上海，您将收听到鄙台直播的凶案现场情况。另外，鄙台请戏班在冬宫全程献唱，饱各位的耳福，更难得的是，据说今天到场贺喜的达官贵人也会客串发声。晋龙先生，看来八娘今天遇到什么不好的事情，凶手只能是这位新郎了？"

"不然，八娘若死，凶手还可能另有其人。"

　　　　　　　　　　　豪筵影戏

"谁?"

"这里,容我卖个关子,等这个人在你直播中出现再谈。"

"对,鄙台在婚礼现场布设了线路,记者施广学已经在冬宫花园等待为各位报告府内情形。小施,请开始。"

"各位午安,我是施广学,我现在在冬宫花园月台向各位直播婚礼,现在,月台已经搭建成舞台……"

秀城闭目,忽然觉得不妥,接他的车会准时,不要让司机发觉收音机是热的,他应两耳不闻窗外事。他关了收音机,穿衣镜前,看穿好的衣服,该带在身上的东西都带上了。突然,他一阵血涌,心晃动,慌得坐下,得给小妹打个电话。要通了电话,照相馆的伙计告诉他,这几天陈秀龄总是跑来等他的电话,等一个上午,然后去上班,今天却没来。"留句话吗?"伙计问。

"留。"很久,泪水,没有话,他挂上话筒。

敲门声响,来了,司机,女佣,酒店门童,都不看他的眼。女佣举着的衣架上,全套的衣服,由内到外,他没想到现在就得换衣服。在浴室换了,看镜子,法国裁缝的手艺,他看见自己真的很英俊,比那些他拉动电梯扳手送上送下的人英俊得多,但是,这等人从没有正眼看他,除了八娘。他想有个机会对她说:不要恨我,你是殉情,不久,我随你而去。

出电梯,大堂的收音机响着。司机、女佣装作听不见,匆匆。"看来这八娘府冬宫花园就将是凶杀之地,可是,我有一事不明,新郎为什么事先张扬,不做得机密呢?"

司机扶着车门,秀城坐进去。行李箱、收音机放好,司机、女佣前排坐了,回身拉上后排两边的窗帘。

"二位贵姓？"他的计划里，司机是个角色，他问。

前排的二位疑惑，忙作笑脸，"我姓贾。""我姓阮。"

"阮阿姐，贾老兄，今后大家互相照应。"

"不敢不敢，我叫贾祥生，您叫我祥生就行。"

"是呀，怎么敢当哪，伺候您是我们分内的事呀。"

十字路口，黄包车下客，堵了路，前边一辆汽车下了人，骂骂咧咧推搡车夫，车夫不动，握着车把望着天，那人有些害怕，收了手，骂骂咧咧回车里。街边烟纸店开着收音机，闲人坐在水门汀①上听。"八娘家财万贯，八娘色胆包天，所以，男方想得万贯家财，就要禁得住八娘欲火的熬煎，这才是火中取栗，说实在的，就是男方和八娘比赛，比哪个活得长，可是有几个男人能熬得过，所以，杀，是不二之选。"小店老板娘从二楼探出身，"吵吵闹闹的，电不用钱是伐？"收音机不响了。

两个苦力坐在马路边，算计手里的钱，吵嚷买八娘死还是活。

"关上窗子吧。"司机说，女佣懂事，伸手到后排摇上车窗。

"不怕的。"秀城不多说，闭了眼。

杜公馆，万墨林和账房先生打点礼物，五斗柜上的收音机开着。

杜月笙在客厅和几个人议事，见万墨林走近，捧着锦盒，"什么？""一个个都是奔八娘的财产而来，不到半年，不是夭折就是病弱而退。我来上海不几年，没能亲逢其事，知之不

---

① 水门汀：cement 水泥，后指便道，因便道多以水泥铺就。

　　　　　　　　豪筵影戏

详，我听说还有过一个洋车夫？"

"对，黄包车夫。"

"原想仗着身强体壮，哼哼，八娘也真是不挑不拣。前年那次我知道一些，那时我和八娘不熟，我不在受邀之列。那次婚礼也是轰动一时，糖果厂老板，破产了，靠大烟支撑，勉强在八娘府里待了一两个月。"

万墨林给他的爷叔看锦盒上的请柬，"八娘的婚礼。"

"嗯？我没说吗，不去。"杜月笙皱了眉，"等等，找个人把东西给余仕送去，说我请他代劳。"

火车站大厅，长椅成行，无所事事的旅客们，叫过挎着烟匣的小贩，买几张彩票。广播喇叭在响，"她思念亡夫，想不开，上吊，那时候的八娘还不拿钱财当回事，丈夫留下的家业不要，要和亡夫阴间相会，被人救下，活转过来，打那以后，八娘的身体就异乎常人了。"

"对，坊间确实流传过这种说法。也有人说八娘香大烟，有一次香得过量，落下了毛病。晋龙先生，提起八娘的罗宋亡夫，据说相貌堂堂，很是英俊。"

"你说男爵？不是'据说'，他当年病死时租界里的洋文报纸登过照片，我的朋友法国留洋回来的，懂得洋文，清楚记得照片上的模样，男爵一副英雄气概，当然这也是情理之中，沙皇的男爵侍卫官，罗宋贵族，出身不凡，自然相貌堂堂。"

"对，据说这位男爵是带着沙皇的珠宝亡命上海的，珠宝变现后，他亦步亦趋跟风哈同的投资，资产越做越大。"

百货公司开门，顾客稀疏，广播喇叭依然在响，"八娘自己讲的当然不足为信，但肯定是一场风花雪月，听人说，八娘出身乡下人家，到上海滩后，几经辗转，便出落得风华绝代，加之性情桀骜不驯，颇有卡门风范，这样不着四六、不守妇道的女人，洋人最爱。"

两位女顾客，颐指气使地叫来营业员，"这样的地方怎么能放这个，去告诉你们经理，再不关掉，我们就走。"

停车，江边，一条有篷的汽船，司机拉开门，"正门很多人，您请走后门。"秀城下车，登船。

汽船逆水而行，随河道转弯，远远地，秀城看，那座楼，那片白桦，那棵梧桐，树影掩映依稀可见的那扇窗，洞房，不要这楼了，因为丫鬟好看，像小妹。

石板铺就的小码头，八娘府的女佣，身后两个侍应生，他不认识，酒店雇来的。他不要人扶，跳上岸，进后门。从楼侧走过，抬头看一眼，洞房的窗，还有下边的窗，那间烟室，几天不见的八娘，不知在哪里。

一堆气球，一个声音骂人，旗袍呵斥干活的工人们"废物"，一见秀城，"八叔好！"垂手跑近，秀城被叫得喉头一噎。"忙了几天还是不如意，哪个地方操心少了都不行。八叔您看，这是戏台。"楼前的场地摆满桌椅，从月台右边伸出一座木台，花朵蔓插的架子搭成舞台，几个艺人调弦架鼓，"我请来的，王二片的班子，上海最好的，今天一天银圆三百块。"

陆舟挎着照相机，在台前闲站，举起礼帽对秀城轻鞠一躬。

"男爵要您去四楼。"身后的女佣说。

秀城口气生硬，"好，我知道了。"他要让女佣怕，怕才

豪筵影戏

会走开。女佣和侍应生走开。

院门闭着，街上人声喧闹越墙传来。

管家走过，低声一句，"要开大门了。"示意秀城进楼。走向院门的管家，仍是寡语的背影。

旗袍陪他进厅，几行密排的椅子，一张长桌，不见客人，不见余仕，只几个仆佣来往忙碌。他看长桌，猜那是证婚签字的地方。那几只沙发不见了，收音机和电影布都收了，餐厅门开着，里边的收音机声音挺大，"女士们，先生们，我是施广学，现在我来到冬宫的化妆间，金华电影公司的高级化妆师正在为八娘化妆，我要借机对八娘进行采访。男爵大人，您一定看过《晶报》上的预告了，请问这事男爵怎么看？"

"你们电台说得头头是道，不用问我了，这位司先生好聪明，替我办事的人疏忽了，应该发派请帖今天请来寒舍才是。"

"男爵觉得今天冬宫内可有异样？"

"多了些热闹而已。你们电台准备了礼花，麻烦你们，我不出事也替我放了，让全上海人乐一乐，算我对为我悬着心的上海老少略表谢意。"

旗袍嘴里不停，秀城不听，看见那扇门开着，"太平公主"用过的房间，门内，一群伶人，戏装，正在脸上涂油彩，电台给点的戏班。秀城认得一个扮相，红娘。"陶秀哥，今天的司仪，我安排的，念白的功底全国第一。我给您引见引见？"秀城摇摇头，只远远地对红娘抱抱拳，红娘不知是谁，旗袍在秀城身后努嘴，暗示地点头，红娘知是新郎，抱拳回礼。

秀城转向窗前，问："那是什么？"看着那堆气球。

旗袍坏笑，"您看这气球，八个，上边的剑，八支，一支剑刺一个球，完成八次有好看的，到时候您就知道了。"工人又出错，他推窗呵斥，秀城走开，转了一圈，最后，进电梯。

电梯缓缓，每层都见人在忙。

四楼，他整理好衣服，推门，洞房，不见八娘。正面的一座窗，一条电线垂进来，是电台的话筒。他绕过一张大红木圆桌，走到窗边暗处，院外闲看的街人，拥挤着被警察拦在水门汀的便道上。院门洞开，他不认识余仕，但见到的话，他认得出。

洞房的正门，开了，丫鬟。

八娘进来，看见他，浓妆艳抹地过来，拍他的脸，没有香面皮，刚化的妆。"慌吗？"

他摇摇头，但吓了一跳，有一瞬间以为八娘说的是动手行凶前的紧张。

"要来客人了，你先别露面。"八娘又拍他脸，从梳妆台蘸了胭脂，掌心里搓了，抹在他脸颊上。他不怒，只担心，有愧疚，可怜八娘，没几个时辰活了，他担心，怕被人看出他的病，苍白脸色。

江太从电梯门进来，肿脸蓬发，睡容未褪，"出不去了，门口这么多人了。"

"要不你从后门出去？"八娘转脸问秀城，"送你的船还在吗？"

秀城去侧窗往码头看，那棵梧桐枝叶茂密，看不见。

"算了，不操那个心了，随便他们说吧。"

　　　　　　　　豪筵影戏

"就是，让人知道你在我这里借宿又怎样，哪个这么聪明，想得到你在我这里有间'外室'？"八娘嘲笑。

江太坐到梳妆台，冲丫鬟招下手，丫鬟梳头。

"新郎官，帮忙开一下收音机。"江太在镜子里对秀城说。

秀城犹豫，想看八娘，没看，扭开，"男爵追念沙皇，取名冬宫，可惜冬宫建好不上半年，男爵就吃错了东西一命呜呼。"

"据说是花生过敏。"

"你说这洋人也新鲜，吃花生也能死人。"

"司先生忘了朱元璋用蒸鹅赐死徐达之事吗？"

"哦，也是。"

八娘出去到阳台，街上一片欢叫，八娘伸出手，做了个手势，院里的下人忙去告诉管家，抬出一筐银毫。

江太从镜子里招手，"新郎官。"秀城过去，被江太拉着手，"别胡来啊，一切都长久才好，有你的好日子过，慢慢享受你的，别胡来。"秀城盯着江太唇上淡淡的口红，让自己的脑子不动，江太的嘴薄，但好看，他不去想她的话，免了一惊。

"你认定了是他？"

"不是他是谁？"江太抚摸秀城的手，"你太机灵了。"

八娘勾起秀城的下巴，"你想杀我吗？"

秀城笑一下，从江太手里抽出只手，想揽过八娘。

八娘的脸向后仰开，"别，别，不能碰我的脸。"

江太攥攥他另一只手，"你不是想开出差公司吗？好好干。"

"谢谢江太，我一定不忘江太的大恩大德。"

八娘到窗前，看着外面的人群。

江太去浴室洗脸。

秀城在八娘身后的暗处，看外面。

施广学的声音："我现在在三楼的窗前，可以清楚地看到大门，管家吩咐下，冬宫花园开始向外面观礼的人们散送喜钱，现在冬宫门外欢声雷动。"

"谁？哪位吩咐的？"

"管家，冬宫花园的管家先生。"

"真人现身了，汪润先生，这就是我刚才伏笔的另有真凶。"

"管家，司先生是说管家对八娘也有杀心？"

"这才是八娘的真命天子，二人同乡，从小领了父母之命、媒妁之言，此乃八娘订了婚的郎君。"

"竟有此事，第一次耳闻此人。"

"后来不知何事突遭意外，八娘背井离乡，流落上海，之后就是与罗宋丈夫的一段婚姻，再后来八娘独撑冬宫，需要人手，遂招来此人做管家，此人对八娘忠心加精心，渐渐地把冬宫料理得头头是道，而且，烧得一手好烟，擅长雌嘴烟斗装烟，也算一绝。"

"这样一个人，为什么司先生反说他有杀心？"

"八娘孤身一人，八娘若死，在遗嘱中他想必是占大头。八娘死在独身中，当然如此，死在婚姻中，家产就得是夫君的了。"

"有道理。可是，管家为什么要发杀人预告呢？"

豪筵影戏

"当然是吓唬八娘，阻拦婚事了。"

"现在，阻拦不成，管家真的会下手吗？"

"如果下手，也就这几十分钟的机会了，我想，管家和新郎，两个凶手，若是下手，一个在婚前，一个在婚后。"

"怎么讲？"

"婚前下手，婚事没定，新郎尚属外人，家产落于管家。婚后嘛，管家在拜天地、证婚签字后下手，岂不是帮了新郎？管家是不是凶手，只看八娘活不活得过这几十分钟。"

"请等一下，小施有事要报道。"

"汪润先生，请给我接线，汪润先生，听到了吗？"

"听到了，已经接线，请直接报道，我们在听，有什么事情？"

"汪润先生，我刚刚来到冬宫一楼大厅，意外发现我们布设在这里的话筒喇叭口上插有一张字条。"

"我们在听。"

"是这样，我们在冬宫每一层楼都布了线路，放有一只话筒，在一层的话筒上，有人插了一张字条，字条上是一行字：囚日本铜厂工人者，申英也。"

"什么意思？请再念一遍，小施。"

"囚日本铜厂工人者，申英也。"

"申英，是他？"

"晋龙先生知道此人？"

"略有耳闻，天津人，靠日本人的势力做事。"

江太坐回梳妆台，"呃，什么字条？"

八娘拉铃。

"司先生，其实市面上早有这个猜测。"

"据我所知，这个申英在天津老家投靠的日本人，不知怎么近两年跑到上海混了。"

电梯门开，管家立在门口，等八娘的话。

"有客人来了吗？"

管家摇头。

"那是谁干的？"江太烦。

"把那个记者叫上来，电台的那个。"八娘说。

"真讨厌，真不该搭理这么个汉奸，惹我一身骚。"江太说。

秀城一直在窗前暗处，看街人、大门。"来，这里坐。"八娘招手，秀城去坐了高背沙发，背对门。

卧室正门，敲门，戴耳机的施广学，看不见秀城，"男爵找我？"

"什么字条？"八娘问。

小施拿出一块纸片，"在话筒上插着的。"

八娘看了，递给江太，看了，扔在圆桌上。"讨厌。"

"谁呀？"八娘看见管家领着人立在门边，不认识，不像客人。

"董老板家的经理。"

"噢，什么事？"

施记者悄退。

"给八娘道喜，小的是董家的管事，我家主人遣小的来给八娘送一点点贺仪。我家主人听说府上近日出了亏空，借八娘大喜之日给您补上。另外……"

"什么?"

"还有一张三万大洋的银票,烦劳八娘转交江太。"

八娘看看江太,笑一声,"早知道董先生这么客气,应该送张喜帖才是。"对管家点点头,"收下吧。"

管家接过来人托在胸前的两只礼封。

"请这位客人楼下正席坐吧。"八娘说。

"不敢不敢,八娘赏脸使小人完了这趟差,小人千恩万谢,容小人告退。"来人鞠躬,倒退着去了。

"这个董老板是个精明人哪,这是让我替他美言几句呀,怎么样?江太给个面子吧。"八娘看看手里的礼封,找出一只,伸向江太。

"哼,打发叫花子呢。"

"不接?那让秀城给你。"

秀城在江太跟前,为难的样子,江太从他手里抽出礼封,说八娘,"你可给我记着,这回你欠我个大人情。"

"放心,能还你。"八娘托秀城的下巴,看他的脸,好色。拍拍他,叫坐到镜前,八娘蘸了刨花水刷他的头发,又对江太道:"哎,你肯不肯把这钱放在局里?翻个几倍也是可能的。"

外面锣鼓点响,"电影明星罗马到!"秀城听见新鲜,看过好几个他的电影。八娘和江太却没出声。明星从电梯上来,八娘梳秀城的头,"不用起来。"秀城意外,从镜子里看到,竟像个药铺伙计,身子也不似电影里的直,拿了一大束花,"祝贺八娘宴尔新婚。江太好。"

"来了?好大的豪礼。怎么今天不赶片子了?"八娘瞥一眼花,仍旧回来细细梳头。

"片子哪里有八娘的婚礼重要，今天停机了，歇一歇方导演也会到。"

"这就是你送的礼？"江太吃茶。

"这是顺路买的，正经礼事在方池手里，他随后就到。这是新郎吧？你好你好。"

八娘手没停，秀城只得坐着伸出手去，罗马握着，"哎呦，真是老漂亮，怪不得八娘这次这样子着急。贵姓？等过了蜜月，陈先生去和我们拍电影吧，我改一改剧本，你演我的弟弟好了。"

"我是施广学，我现在在月台搭建的舞台，看到冬宫花园已经开始进客，冬宫花园门口，申英申老板正在下车。"

"姓申的来了。"八娘说。

"他倒早，第一个到。"江太说，秀城听了，想了想，明白，又想了想，心下一动，从镜子里看着男星，看着他听了八娘说"你去下面转转"出了洞房正门。

街人数哄抢到的银毫，兴奋地互问数目。院门立着的几个下人，哈腰，送申英进门，旗袍出来正要行礼，等在附近的一个手下，凑近申英，耳语，旗袍闪回院里。下人引司机把车停到远处路边。

旗袍告诉了称谓，锣鼓点响，红娘在戏台拖着唱腔，高声报号："申老板，驾到！"

申英穿花度柳，拐过几座花坛，绕过戏台，进楼，管家厅内迎候。

"八娘呢？"

管家将他送上电梯。

　　　　　　　　　　豪筵影戏

丫鬟开电梯门，申英大声说着"八娘大喜，八娘大喜"走近，冲八娘椅旁的秀城笑，递上装手表的盒子，"跳龙门了小伙，新郎官，以后八娘不赏脸，还得求你照应我了。"秀城看看手表，迟疑，接了。

"八娘啊，不知您老喜欢嘛东西，就嘛也没买，您老自己买吧，别嫌少。"申英递上一张银票，一只信封。

八娘接了，看看信封，"这是什么？"

申英讪笑，"我的名帖，拜托您老递给黄老板。"

"这事我能办就办，办不成可别埋怨。"

"是，能办就办，有八娘你这话就齐活了。"

八娘开了保险柜，放了名帖在首饰盘上，锁了。

"还一个，八娘刚听了吗？话匣子①里说绑人的是我，说有个条子，八娘知道是谁写的吗？"

"你觉得是谁，我？"

"那哪能呢，我是想，是这丫头。"

八娘用下巴指指大圆桌，"条子在那，你看看，上面写的可是中国字？"

申英看了字条，"可说的也是，不过也难说——哎，丫头，这是你写的吗？"他到丫鬟脸前举着条子。

"别找别扭啊。"八娘狠指申英，嘴里的声音却不大。

"八娘，这事多栽我面子，给我背个汉奸的名儿，以后我哪么混哪？不行，八娘你救命，帮我把这人找出来。"

"还有谁知道你的事，除了她就是我，"一直冷脸喝茶吃

---

① 话匣子：北方土语，收音机。

点心的江太说，"你想怎么着！"

申英垂了头，"噢是，江太息怒，我知罪，知罪。"

"下去坐吧，"八娘说，"今天唱戏，听听戏消气。"

申英不吭声地出门，下楼。

这时外面喊："方乔功导演到！"

"又找你凑钱来了。"江太哼道。

"反正能赚，一个电影能用几个钱。"

"我回我房里抽支烟去。"江太去了电梯。

八娘转脸，甜笑，"来客人了，你去书房坐着吧。"

秀城出洞房，从一扇扇门前过，书房，他记得是楼正面的一间。这座楼要属于他了，还是不敢随便开门。停在一扇门前，门上一块铜板，刻着一个有胡子的洋人，戴眼镜。敲门，无人，拧动门柄的圆头，长条书案，笔墨纸砚，是了，进去。

久不进人的气浊，他去开窗，不为空气，为听红娘报号，等他盼望的客人。开窗，回身，在案边坐了，迎面墙满是字画，右面墙是摆放古董的柜子，一支画架，他看左面的墙，腾地站起，是他！

一幅画像，八娘的洋丈夫，在看秀城，冷冷地。他躲开那目光，垂头，坐下，脸热，不是怕，是羞。我只是个贼，那才是主人，座下的这椅，面前的这桌，这屋，这楼，是他的。秀城两腿夹着对握的手，等乱撞的心稳了，砚台边有一盒香烟。

他点了一支烟，双手捏着，在画像前拜，"请把资财让给我，只要我今天得手，我许你，陈家子孙为你日夜焚香，一刻不断。"把纸烟插在画像下的柜上的一座钟的塔尖上，秀城合十又拜，见座钟旁一坨铜线，旋钮，他认得，矿石收音机，前夫的爱好。

他摆弄，有了声音。

"都是过场人物，今天凶案的主角必是新郎。"

"可是，新郎动机明显，出现这样的杀人预告，人们首先会怀疑他，他干吗要发这种吸引人们疑心的东西呢?"

"这个，确是让人猜疑的地方。"

"那么，司先生看，新郎会怎样下手?"

"不好说，不知这个人聪明不聪明，若是个不懂事的下等人，用砖头行凶也难说，要是个机灵人物，我看，用电是个奇招。"

"用电，电杀?"

"刀子毒药，这些都常见了，还没听见过用电谋杀，这手洋气，聪明。"

窗外传来报号的声音，"江南银行，宋总经理偕夫人驾到!"秀城背窗坐着。船厂经理，赌场老板，局长家的公子，陆续而来。秀城忽然慌了，忘了打听余仕在不在上海，万万不要回北京了才是。报上一直没有他的消息，倘若，今天真的不得余仕在场，怎么办?

"不知今天杜先生会不会赏脸。""不会，我看杜月笙未必肯来，以我对杜月笙的了解，出席这样的婚礼，多少有些不合时宜。""是的，这些年冬宫的婚礼，杜先生只光临了黄包车夫的那次，杜先生还是很不忘出身，给穷苦力面子的。"

"还有一位要客，不知怎么还不见到场。"

"司先生说的是哪位?"

"提起此人，我倒要顾忌一番了，因为这是一位官场大人物的夫人，势力远达京城，为怕回不去老家，我不便多言。"

"您说得隐晦，但我已经猜到晋龙先生说的是谁了。"

"不错，八娘的同靴①。"

"真的，八娘和这位女士密切到这样地步？"

"正是有福同享，有饭共餐。"

"夫君身居高位，而且据我知道，这位女士本人也是江南大家出身，如此行事就不怕……"

"汪润老弟，这就是你我庸碌之辈眼界狭窄之处，人家虽是女流，却大人大量。去年有人抓到这位偷香窃玉的把柄，施以敲诈，她起初还想镇压，后来转了念头，任人乱说，再后来索性办份报纸，下令记者乱泼污水，今天说她与这个有情，明天说她和那个有爱，各种报道言过其实，如此以假乱真，不消两月，关于她的桃色逸事就没人再信。"

"这位夫人真是位英雄，与几位古人神似。"

有人敲门，秀城跳起，从座钟塔尖摘下纸烟，叼在嘴上。是女佣，送茶点。

他喝茶，在窗边露出一只眼，看园门。

守门的下人们拦住李小姐的车，旗袍退后，躲了。车子气哼哼地向前冲刹几次，下人依旧堵在车前。管家跑来，解释，李小姐不听，"街上这么多乱七八糟的人，我不在这里下车。"管家挥手，李小姐开车进园，片刻，八娘的司机把车开出来，停到路边。

"这位李家千金，大欧亚香烟资产的继承人，四十岁上下

---

① 旧时指同嫖一妓者。

仍待字闺中，和刚才说的那位身份显赫的女士，还有八娘，三人莫逆之交，这有些奇怪，李千金和八娘分明是两路人。"

"汪润先生又在涂脂抹粉，你怎知是两路人？人家心里也许和八娘一个志向哪。"

"司先生有所不知，这位千金并非吞污纳秽之人，当初曾有一位订了婚的男士。"

"这事我知道，不就是酒后不慎，和八娘苟且了一场吗？"

"是，李千金发觉之后，和男方义断情绝，一刀两断，晋龙先生您看，这位千金是那种同流合污的人吗？"

"嗯，听说八娘很是过意不去，为李千金四处张罗女婿。"

八娘早早地关了收音机，李千金从电梯进来，给了礼物，"我去哪里待着？到处都是人。"

"去江太房吧。"

"不去。"

"那去书房，秀城在。"

李小姐沉脸，摇头。

"哎，去化个妆，拍电影的化妆师，荷里活学徒回来的。去吧，走，我送你过去。"

"汪润先生说的是，民国开元以来，世风日下，上海滩尤其甚也，男男女女之事算得什么，看这位老小姐，宁可空守闺房也不……"

"等一下，司先生，有要客到场——小施，是杜先生光临了吗？"

街人欢动，一辆车停在园门，府内宾客哄然涌出。

"杜先生，杜先生，没错，是他的车，杜先生的车刚刚停在了冬宫门外。"施广学高声报道。

"呜呼呀，杜月笙又一次亲临盛事，八娘的面子果真不小。"

洞房的阳台，八娘立出来，向下迎望。书房的窗，秀城的半张脸。

他退到书案，掐灭香烟，坐下，杜月笙在这里，多少是个麻烦。

"不是杜先生，各位，刚才的报道有误，来者不是杜先生，车上下来的是余仕余先生。"

"是侦探余仕吗?"

"对，是大侦探先生，是他，虽然离得远，但是他的样子打扮是不会看错的。"

"噢，是五条先生，看来杜月笙终究不肯赏脸。"

"不过，杜先生派了侦探到场，晋龙先生您看，这是什么意思呢?"

秀城心中狂喜，不动，闭目，坐在椅上，背向窗，听矿石收音机。

"余仕先生到场真是杜先生的好意安排。"

"是呀，你我一直没想到他，别人都可不来，独他不可不来，上海滩名探怎能缺席命悬一线的八娘婚礼。"

"明显是杜先生安排来保八娘的驾。"

"余仕和新郎，侦探和凶手，会有怎样的一场恶斗?"

秀城起身，窗前，透过掩映的树叶，余仕，一根手杖，一身前朝打扮，一根黄色长辫，虽远，看不清眼睛，但他知道，蓝的，是他了，与宾客一一握手，一路走来，伴着锣鼓声。

"本是出来迎接杜先生的各位贵宾，虽有意外，并不抽身，纷纷和余仕先生寒暄。"

"那是自然，按理说，余仕是寒门弟子，怎能与各位商界大佬平起平坐，更当不起迎候问安了，可是不久前那桩连环案惊扰上海滩，在场各位多被牵扯，人人自危，至今心有余悸，对五条先生破案当表谢忱。"

"那真是奇案，晋龙先生，现在想起来，仍难以置信。"

"奇人破奇案，奇探高人，今日冬宫谋杀大典，五条先生在，凶手会不会知难而退？"

秀城下望，余仕向上拱手，洞房的阳台，八娘。秀城看余仕，一阵慌，一丝悔，引余仕来，这步棋错了？

余仕的眼睛扫视过来，秀城以为高，远，不被看见，因而不躲，不料想，余仕的眼停住，蓝色的目光与他的黑眸相撞。

余仕被撞得一惊，那扇窗后的少年是谁，八娘公馆的楼高，看不清那脸，英气，是极好的一张脸，是新郎？不妙，八娘休矣。

"五条余仕，一九零零年生人，庚子年，光绪二十六年，生辰和生身父母已不可考，估计是西洋人，遭遇拳变在山西殉难，被中国人抱养，离乱之中，多道转手，所以，血缘和生日等等俱无从溯源。最后由北京西四五条胡同余老先生抚养成人，由此姓余。"

"小施，你看到余仕先生什么装扮？"

"前清装扮，这个总不会变的。"

管家和旗袍陪余仕进厅，几个外面来的侍应生围着罗马签名，家里的仆佣们懒懒地瞧着，管家皱了眉，女佣忙去厨房端出手巾板，余仕擦了脸，管家引他到电梯，开门，关门，旗袍捧着杜月笙的礼物，随余仕。

二层，三层，透过电梯门，余仕新鲜地看冬宫。

四层，看不透，压花玻璃，卧室，洞房。门开处，一名丫鬟，好看，像芳官；沉郁，像红玉。迈步，绕过一架大床，迎面一个粗壮的女人，旗袍在余仕身后高声："杜先生被事情缠住了，转托五条先生来送贺仪。"

八娘伸手，余仕握了，"晚生余仕，给八娘道喜。"八娘道谢，示意，丫鬟接了贺仪，放在圆桌上，礼物已满半桌。话匣子开着。

"余仕见了杜月笙总恭称'杜高桥''杜高桥'。"

"高桥，以杜先生的出生地相称，那是尊敬。"

"杜月笙听多了，就说那得称你余仕余北京了，余仕赶紧说，'不敢不敢，北京哪有我这一号，余仕我住西四五条。①'就这么着，余仕，余五条。"

"晚生乃受命前来，杜先生之托有保驾之意。请问八娘，向那边去，隔三座窗，一位少年，可是新郎？"

"书房，是他，余先生怎么看见了？"八娘接了丫鬟捧来的茶，亲自送到余仕手上。

"凶险，仕须有话直言方不辱使命，八娘，现在退婚为时不晚。"

"余先生这话怎么讲？"

"八娘与他命里不符，本无姻缘，强结连理，缘分硬作，

---

① 西四五条名称启用于1965年，作者故意采用，请读者不要当真。

豪筵影戏

八娘，凶险，凶险。"

"他的算命新奇，八字面相一律不看，水晶扑克一概不用，不通天文，不晓易理，专走旁门左道，有好事者打探出，原来，五条算命全靠一部话本小说，《石头记》。"

"这个好像报上有过披露，只是，司先生，用《红楼梦》怎么算命呢？"

"望闻问切，先望，观其相貌，看其行止；次闻，闻其气息，嗅其阶级；再问，问其所虑，询其所历；后切，切其要害，触其五情。来人的风度心思他知之八九，之后，便与《石头记》中角色对应，认定你是贾赦、贾政、贾珍、宝玉，比如你命犯薛蟠，他就算你钱财无忧，但婚姻不幸，家有河东之狮。"

"恕汪润直言，余仕先生真是云山雾罩，胡批乱注。不知，他的算命是否灵验？"

"若是灵验，五条也成不了闻名上海滩的奇探。算了，为贤者讳，他算命挨打一段就不要提了。"

"余先生的意思我知道，无非是两人太过悬殊。"

余仕摇头，"武媚娘和薛怀义也是悬殊，非也，不是悬殊，八娘，实是凶险。"

"余先生好意，我小心就是了，况且，即便真有杀心，还有先生在，谁能不顾及呢？"八娘转身对旗袍说："替我款待余先生。"

余仕闻言起身，八娘送出洞房正门，"余先生一定要赏脸串几出戏，今天的客人南腔北调，余先生是字正腔圆的北京人，一定要给面子。"

余仕想去看新郎，躬身，使八娘停步，又有客至，八娘回了洞房。余仕下了两级台阶，停住，对旗袍说："你请忙，我四处看看。"

秀城在书房，听着客人纷至沓来，不安，竟涌出一丝羞惭，来宾们或富或贵，个个兴致高涨，喜气洋洋，却尚不知，一个小人物要将喜事办成丧事。

敲门声，他没想到是余仕。余仕已到，他便不再想他。开门，苍白的一张脸，蓝睛黄发，瓜皮小帽，长辫，拐杖，上下一身清人打扮。

"好英俊的脸，"余仕出声叹道，"果然怡红公子柳二郎。"

秀城发呆，余仕推门从他身边挤进去，扫了一眼书房，听了一听话匣子，回身看秀城。

话匣子里施广学采访申英，申英骂："哪个浑蛋王八蛋写的，我要是汉奸，我就是浑蛋王八蛋。"

"尊兄可认识在下？"

"余先生。"秀城轻答。

"正是在下，仕，背井离乡，远道而来上海，谋生不易，尊兄可否给个面子？"

"余先生什么事用我？"

"尊兄可不可以不杀八娘？"

真像猫，这双眼，秀城用力看这双碧眼，这样的眼睛能看东西吗？这么亮，怎么吸得进去光。然后，才想余仕的话。"我没有想杀她。"

"尊兄今日进宫，志在必得，不杀八娘，岂不落空？"

"余先生为什么说我要杀八娘？"

豪筵影戏

"尊兄的样貌、气度，像极了两个人。"

秀城不语，等看余仕说谁。

"贾宝玉和柳湘莲。"

秀城不知所言，无话。余仕不得应对，只好自说自话，"宝玉好色意淫，柳湘莲非绝色不娶，尊兄却入赘冬宫，八娘的颜，哪里有色？"

"余先生和电台说的一样。"

"所以，尊兄可以不杀了？"

"余先生为什么一定疑心我？"

"尊兄的命中担负人命，尊兄可知，贾柳二人都使眷爱他们的女人死了。"

秀城无话，低了头。

"尊兄看我像谁，可像癞头和尚？"

秀城无话。

余仕恼，原等秀城说"不像"，夸一句神采飞扬。

"癞头和尚洞穿人心，隔墙视物，有我在，尊兄逃不脱的，不如，趁拜堂前，讨个好价钱，走。"

秀城抬头，笑，"余先生和汉奸说的一样。"

余仕下楼，看三层，又看二层，转去乘了电梯。

余仕出电梯，宾客们在大厅乱坐，闲聊。

"今天怎么闹一闹啊？"仁普堂国药老板坏笑，问路顺汽车行老板。

"数数，不到八我是不走的。"

"下了多少注啊？"

"我不赌，我老婆非要赌……"

"黄金荣这次又大赚了。"

旗袍凑在煤业大王耳边，"您那件事我问了，陈老板大约可以办，我引荐您二位认识？"

一个戎装壮汉，敞衣坐在那里用毛巾擦脖子，身边一名艳妓，管家和女佣伺候，几位商贾一旁赔笑，女眷们看到艳妓，厌恶地躲在远处。

"这上海怎么这么老热，早知道这样，我跟大帅说不来这鬼地方。"抬脸看见余仕，壮汉叫，"五条，你也来凑份子，过来坐，过来坐。五条，五条鱼，五条金鱼，黄毛，带颜色的。"

余仕一手持杖，一手提起小帽，点头，"请军长安。"

"坐，坐。我这次回北京，带了点儿柿饼回来，回头你上我那儿拿去。"

"军长，我家祖宅的事？"

"办妥了，这点儿屁事也值当放心上。我派我的参谋长去的，告诉那家，这是我一兄弟，别看你是大户，接根自来水管从我兄弟家脚底下过，坏我们风水，我一个晚末晌把你家变成兵营。"

"谢谢军长。"

"军长真是行侠仗义，兄弟们佩服。"一个商人凑趣，余仕不认识，遂转目看别处，一眼看见卢姓老板，忙躲不看，向那边见靠窗一个少年脑袋顶个耳机，拿着话筒远远地看，怯怯地想近前来，早认得是电台的小施，却不声张。

商人谄笑，"军长，兄弟我的厂子里，有几个挑事要闹罢工。"

"罢工？要加钱？那我管不着，大街上的事我管，院子里头的事你自己管。你该加钱就给人加钱，舍不得钱还不出事？"

"是，是，军长。可是，这钱，怎么给法，兄弟见识不够，想找一天军长方便，去司令部讨教。"

"行，找我聊聊，开导开导你。"

"谢谢军长。"

余仕趁机招手，"那位兄弟可是电台的？请上前来，我陪你拜访军长。"

小施忙拽线凑近。

"什么拜访我，他是想找你，今儿这日子哪用得上我，杀一千两千的事，用我，杀一个两个的，用你。"

"不，不，军长在上海一言九鼎，我是想军长、余先生都采访。"小施机灵地凑笑。众宾客围聚上来。

"连我一起采访，小伙子问吧。"

"请教军长，今天冬宫里的情形，可有异样，有没有什么预感？"

"这哪是问我的，这是你想好了要问他的话，问他。"

"五六七九十，爷姥舅姨甥，金银翠玉地，无可奈何天。仕，贫贱草民，本无颜置喙，但受的是杜先生之托，不免加几分小心。仕入宫所见，不祥，不祥，唉，花床幔帐忘姓氏，无非财殉与情殇。"

"五条先生觉得？"

"杜先生之托完成后，仕会去杜公馆复命，杜先生若问，仕答，八娘婚事，不该，不该。"

"学生明白余先生的意思了。"小施话筒转对军长，"将军运筹帷幄，决胜千里，将军知道杀人预告的事吧，您怎么看？"

艳妓叉着块瓜喂军长，军长吐了籽，"这是租界里边，我就不说什么了，要是在我的地盘儿，八娘出事，我就毙了他。"

"您说毙了新郎？"

"不错。"

众人纷纷出声，"就是他，就是他。"

"八娘这个人哪，面首用一用就好，怎么非要结婚。"游乐场老板说。

"是啊，自讨麻烦，自招祸患。"百货公司老板接道。

"众位老爷都认定新郎了？"余仕仍坐，手搭拐杖。

"歇一歇看到新郎的样子就知道了，面善不善，一看就知道。"

"听说很俊，八娘艳福不浅。"

"看他怎么下手取得这份家业吧。"

余仕环顾，又问："不再有谁像是藏有杀心吧？"

有人指管家，"刚才电台也说他了。"众人看去，管家侍立，不语。"八娘如果出事，遗产是有他一份的，人家可是八娘的故人。"

红娘碎步进厅，"大人们在哪里，老爷们在哪里？"躬身，戏腔韵调道："列位大人老爷，太太小姐，红娘这厢，有——请！"

"噢，请咱们入座了，到时候了。"众人起身，陆续出厅，

豪筵影戏

步下月台，一张张圆桌就座。侍应生、女佣，茶点、手巾，往来穿梭。余仕见白桦树荫底下的车道上远远地摆了一桌，几个丘八，有个认识，是军长的副官。

"列位，八娘大婚，列位人也到了，礼也送了，可这八娘啊，她贪心不足蛇吞象，她还要列位的这张脸，来台上露一露。列位，我可是听说了，您这些位里头，没有不会串戏的，咱们今儿个点将，我叫上谁就是谁，你们今天一个个的谁也不是将军、老板，你们不是孔明就是秦琼，不是苏三就是艳蓉，一个个都得上台亮一亮嗓子。那位说了，你算老几敢点我们的将，您还看不出来吗？我今儿个是红娘，这天底下除了爹亲娘亲，就是红娘亲了，沾了娘字我就比您大，我就敢。"

"还有八娘！"台下有人起哄。

"对，还有八娘，把她给忘了，亲娘、八娘、红娘，我们三娘教子，你们可得给我听话。"

余仕正笑，耳边施广学低语，点头起身，绕上台阶，进厅，直入电梯。

"知不知道八娘有什么话讲？"电梯里，余仕问。

"应该是解释新郎没有杀人的意思，特意要我在场，直播。"

余仕知是方才把新郎说得太不堪了，八娘要替他找一找面子回来。

管家在外开了电梯门，小施跑去阳台拿了话筒，拽着长线，跟在余仕后面，"汪润先生，请给我接线，八娘和余先生有话要说。"

丫鬟扶门，八娘已是一身戏装，脸带笑意，从烟榻起身。

秀城立在后边，面有愧色。

"现在我随余先生来到冬宫的烟室，八娘正和新郎在一起，这是新郎第一次露面，新郎很英俊。"小施急促，低声。

八娘开口，小施送上话筒，"知道余先生念旧，请你来看一样东西，你一定喜欢。这烟榻，余先生看看。"

"嗯，是座好榻。"余仕随口应道，等八娘入正题。

"余先生看得出来历吗？"

"像是有些岁月了，还请八娘赐教。"

"这是谭鑫培家里的。"

"哦，果真不一般。"

小施终于忍不住，指指话筒，轻声道："八娘，在直播。"

"五条先生看我像哪一个？"八娘问得余仕一愣，"他像宝玉，我只有像宝钗、黛玉才能结婚是吗？"八娘笑，余仕的脸却被唾了一口，八娘的话冲，骂人一般。秀城低了头，像打输了架告状的小男孩。余仕恍惚，难道不是他，真不是凶手的样子。

"命相不合，强婚硬配，后事难料啊。"

小施的话筒来去，在每个人嘴前。

八娘沉了沉，从身后拽出新郎，"这里里外外的众位，都认定了你要杀我。当着余先生和整个上海滩的老少，你说一句话，你想杀我吗？"

秀城看伸在眼前的话筒，数自己的呼吸，两次，偷看一眼八娘，才说："要不然还是，娘子，叫这丫鬟今天跟定我。"

余仕不解，看八娘，八娘不解，看秀城。秀城仍低头，"寸步不离，有她在，我动不动手，她看得见。"

豪筵影戏

八娘看余仕，然后点头，"嗯，好。"

"这丫鬟是……?"余仕问。

"朝鲜人，跟了我两年了，从日本逃来的中国。"

"可靠?"

"可靠，我从一个人手里买来的，算是她半个恩人，在以前人家老挨打，打聋了，可人还机灵。"

"如何寸步不离?"余仕问得隐晦。

"一直这样的。"八娘答得大方。

余仕不语，然后点头。

"既然余先生也点头了，那就这么办。"八娘对着话筒，"不知众位听明白了没有，新郎要我的贴身丫鬟寸步不离跟着他，一举一动都看在眼里。这是新郎自己的主意，余仕先生也觉得行，所以，大家是不是可以放宽心了?"

余仕想，莫非不是今天?

小施见话已说完，忙出去，解说一句收尾，"余仕先生和新婚夫妇商定，被众人当作嫌疑人的新郎，由人时刻跟踪，这个办法应当可保八娘无虞。另外，关于新郎的相貌，本报道员第一次得以就近观察，可以说极是清秀耐看。"

"娘子一歇①就把银票开给我吧，我先买三辆车子，如果干得好，再买两辆，如果再好，也不用娘子的了，这五辆车子够挣的，能再添车子。"

八娘知道秀城说给余仕听，"好，正好路顺车行的齐老板在，买车子就找他好了。我信得过你，出差公司这个行当一定

---

① 一歇：一会儿。

能做大。"

"出差公司的执照，还要娘子问一问江太。"

"放心，江太这个人脾气大，可说话……"

"谢娘子，只要江太点头，出差公司就开张。"

余仕懂了，新郎要开出差公司，能挣大钱，不必杀八娘。

楼下一棒锣响，"到时候了。"八娘走出烟室，去了阳台，余仕等跟出烟室，管家用腰间的钥匙锁了门。八娘露面，顿时街人欢动，月台上下宾客仰首。红娘一抛水袖，向上说句什么，喧闹中听不清，八娘知是催促下楼，"该下去了。哎，忘了，得请出咱的千金来。"

管家走，八娘叫住，匆匆去按摩室，"我去吧，你请不动，还生着气呢!"

"我去江太房请江太。"秀城自语一句，沿阶而下。

余仕看电梯闲着，便乘了下去。

余仕出电梯，见红娘、旗袍、小施在阶前迎候，等八娘出现。转脸见申英脸对着墙通电话，余仕点点头，申英匆忙挂了话筒追上，"五条先生这几天有空没有?"

余仕停步，"老板有事?"

"五条你没听说? 日本厂子里有几个人被绑了，说是我干的，这黑锅我哪背得起，我想不如这么地，我出钱，请你五条帮我侦缉侦缉，把人找着，顺便查出是谁干的。"

余仕摇头，"还请老板恕余仕能力有限，牵涉日本人的事，非在下力所能及。"

"要不，你帮我在八娘府里找个人，写这张纸的，有人放在窗台留给电台，电台给念了，全上海都听见了。"

　　　　　　　　豪筵影戏

余仕看了字条。

"你帮我找出来，这张纸是谁写的。"

秀城从楼上匆匆而下，红娘三人欲上前搭话，他摇摇手，进了伶人上妆的房。

"这样的是非，余仕承担不起。"余仕看到异样，心不在焉地应付申英一句，索性在把椅上坐了，双手搭杖，等八娘下来。

申英无趣，出去，躲着众人在车道边白桦树底下抽烟。

台阶上，八娘搂李千金的肩，谈笑下来，千金沉脸，管家丫鬟在后，不见江太。余仕看看李千金，觉得是邢夫人，又像璜大奶奶。

小施举话筒迎上，八娘笑嗔："你们电台说的什么怪话，难怪我们小姐生气。"小施讪笑，侧身肃立让路。

李千金走过，劈手夺了话筒，举在嘴前骂："什么东西，老赤佬！"小施垂手，不敢要回话筒。

八娘笑，"瞧我家千金这样当真，你们这些电台里的人满口胡话，我怕小姐生气，一直瞒着，偏偏她接了家里的电话，也活该你们挨几句骂。"李千金斜了八娘一眼。八娘拽出话筒，还给小施，"怎么样，用不用我向你们电台解释几句？"

"不必不必，八娘客气了。"小施没说李千金不知话筒上的按键，骂人话没传出去。

"请八娘披挂上阵。"红娘拖腔道。

八娘揉李千金的肩，安排在椅上坐了，被红娘等簇拥去妆室，片刻，蟒袍、盔头、靠旗，八娘全身行头，红娘、旗袍一人一杆旗子，"快，新郎官上里边来，把你可得挡严实了。"

秀城跟在八娘身后，被左右两杆旗子遮住。

八娘远远地向余仕客套，"余先生请。"余仕张张手还礼，起身相送，然后进了餐厅。

舞台上戏到一半，场面①见八娘出厅，掩乐停音，片刻，换了锣鼓点，台上戏班的人马闪到两旁，八娘张双臂拖长袖，率红娘、旗袍破帐而出，直来到台中央，台下一片叫好，陆舟犹豫，没舍得拍照。

八娘唱得粗声高调，"将酒宴摆置在冬宫厅上，某与这众富贵叙一叙衷肠。"八娘转身闪开，亮出秀城，台下一阵低声惊艳，随即胡乱喝彩，"好，八娘艳福不浅！"八娘带着身段离去，秀城僵立。

因刚才有人说到电台，余仕想到有太多不知道的事，在餐厅找，果见有话匣子，开了。

"有丫鬟随时在侧，下不得手，莫非，今天要杀八娘的，不是新郎？"

"也许，司先生，您刚才说的，电杀。"

"你是说？对，对，电杀不用当场，设个机关，等八娘去摸，事发的时候，新郎不在当场。"

红娘念了定场诗：

"天翻地覆，扭转乾坤。古有武后，今有八娘，武后雌皇帝，八娘女丈夫！新郎官，姓甚名谁我不问，年方几何我不管，我只问你，你和八娘是如何聚在一处的，你们，是如何认识的？"锣鼓点催促，秀城尴尬不语。"噢，我知道你姓什么

---

① 场面：京剧术语，指京剧的乐器班。

　　　　　　　　　　豪筵影戏

了，你姓徐，徐庶进曹营，你是免开尊口了，也好，咱们摇头不算点头算。我且问你，是八娘选秀挑上的你吗，啊？"秀城尴尬，摇头。"噢，那是你自投罗网，请君入瓮的啦？"秀城点头。

红娘再问，台下正中坐的张军长打断话头，"你小子上这儿来，图什么？"全场僵住。

红娘堆笑，"军长问你哪，你来，是图八娘花容月貌，还是家财万贯，你呀，是想花好月圆呢，还是荣华富贵？"

秀城垂头，说了一句。"什么？大声说。"军长训斥。

红娘堆笑，"军长，新郎官说了，他要的是，共享富贵，同生同死。"

仁普堂国药老板捋须笑道："你这身段，八娘的体格，怎么熬得同生同死？"

"你看，药铺老板都说了，"红娘水袖抖在秀城头上，轻抻，从脸落下，"你这身段哪，可拼得过那饿虎色狼？"

秀城又是低声一句，红娘笑，"新郎官说，要仰仗您，他是说，能不能熬得过酒色大关，他要指着您了，但不知，您家的药可顶事？"

众笑，红娘幡然变色，"新郎官，我来问你，冬宫就是龙潭虎穴，八娘的床就是刀山火海，为八娘，你可敢闯龙潭踏虎穴，上刀山下火海？"

两旁伶人刀枪齐顶秀城，他点头。

"敢是不敢？既是点头，如何不敢迎刀枪上前一步？"红娘从后撞他一膀，秀城踉跄向前，刀枪退后。

"新郎官，我来问你，进得冬宫，你每天吃的什么？"

"山珍海味。"秀城轻答，红娘撞他一步。

"新郎官，我来问你，你可知，冬宫亦非铜墙筑，沙皇也有逊位时，若是有一天，八娘她流落街头，要饭乞讨，那时，你吃什么？"

"吃糠咽菜。"伶人退一步，秀城进前。

"新郎官，我来问你，自古来，有生就有死，八娘若生，你怎么样？"

"我活。"走一步。

"八娘若死哪？"

"容我百日，我殉妻。"

"好，列位可听见了，新郎官义气千秋，八娘若死，他就殉妻。军长、列位，答不答应这一场婚事啊？"

众客已离席，上下站满台阶围观秀城。军长撇着嘴，点点头，众人应和，"好吧，答应，就这样了，开始吧……"

"如此这般，新郎官，大家伙儿都点头了，你这婚事就算蒙众位的首肯，新郎，你可以登堂入室，随我来呀。"红娘水袖绕住秀城的脖子，碎步牵进厅去。

由近至远，五个男女仆佣迎候，托盘，"人生五味，酸甜苦辣咸，吃得下五味，新郎，你就可和八娘，从新到旧，从少到老，一生一世啦！"托盘上，一勺醋，一勺蜜，一只蛇胆，一只辣椒，一勺盐，秀城一步一口，一一吃下，淌泪。众人以为受不得辣，其实，是因那句"一生一世"。

侍应生端来手巾，秀城擦泪淌花了的妆。

旗袍一直盯着钟，打个手势，文场敲打起来，红娘立正，换了男嗓，"吉时已到，拜堂成亲！"

　　　　　　　　　　　　豪筵影戏

一曲提琴，众宾回首，罗马阶下操琴，八娘一身婚纱，胖躯款款而下，江太、李千金在后执花托纱。红娘牵手秀城登阶迎上，新郎新娘相对立定。余仕早听说过江太，却是第一次见，远远打量了一下，余仕恍惚一惊，怎么是妙玉的神采！

　　话匣子听得上瘾，余仕不愿出去，在餐厅门的窗探看。

　　"江太已经在冬宫了？刚才没见人通报啊。"

　　"也许是这位夫人来得早，还没正式迎客就进府了。"

　　"更兴许是应了那个传闻。"

　　"怎么讲？司先生。"

　　"这位，在冬宫有一间'花房'。昨夜就留宿八娘府了。八娘的同靴，所言不虚，冬宫，那是姐儿几个的后宫。"

　　楼上转出一位绅士，西装，肃穆，步下台阶，立在新人之上。"普某，以律师身份为这对男女证婚。新人，请你们握住彼此的手。请问新郎，你愿意娶你面前的这个女人为妻吗？"

　　秀城点头，八娘捅他的手，"说'愿意'。"

　　"愿意。"

　　"新娘，你愿意你面前的这个男人做你的丈夫吗？"

　　"愿意。"

　　"在场各位，有人认为这桩婚姻不合天理、人伦，有违世道人情吗？"

　　众人无话。

　　"新郎，请你以财的名义宣誓，你愿做这个女人的丈夫。"

　　"嗯。"

　　"新娘，请你以色的名义宣誓，你愿做这个男人的妻子。"

　　"我宣誓。"

"新郎，请你宣誓，不论贵贱，你愿和这个女人终生相伴。"

"宣誓。"

"新娘，请你宣誓，不论美丑，你愿和这个男人不离不弃。"

"我宣誓。"

"新郎，请你宣誓，不论祸福，你愿和这个女人白头偕老。"

"我宣誓。"

"新娘，请你宣誓，不论胖瘦，你愿和这个男人相依为命。"

"我宣誓。"

"新郎，你会败给岁月吗？"

"不会。"

"新娘，你会输给贪婪吗？"

"不会。"

"新郎，事成之后，你会分遗产给我吗？"

众人笑。

"我宣布，这对新人结为夫妻。八娘，你可以验货了。"

镁光灯闪，陆舟"砰"的一声，散落一片白渣，把近处的太太们吓一跳，生气地嘀咕着走开，早有女佣过来，用短把扫帚跪在地上把渣子扫净。

有人坏笑，"货早验过啦！"

"新郎，从此，你生是八娘的人，死是八娘的鬼。"

方导演起哄，"八娘就是鬼，色中饿鬼。"

众人附和，问："八娘，你这是第几次啦?"

"最后一次。"

"这'最后一次'你还打算说几次啊?"

普律师到长案前，提笔，证婚书，"八娘，我不签字，你还有命。落笔成婚，你可就……"

"各位放心，他已经说了，成婚后要我这丫鬟时刻随身。"众人不解，八娘又道，"丫鬟寸步不离随着他，各位想想，新郎有机会吗?"

"这样妥当，何不早说。"普律师签字，将证婚书递给秀城，"你若不被八娘榨干，这家业是你的了。"

旗袍举手，高声道："各位老爷、太太，请这里来，大家合影! 五条先生，您也请。"

众人聚到台阶，上上下下一番谦让。太太们躲了，聚到餐厅闲聊，收音机仍在响，"……已成夫妻，谋杀大典开幕!"

"晋龙先生，我刚才又想，如果今天八娘死了，新郎是第一可疑的，即便凶手不是他，在没找出另有凶手之前，您说，这百万家产过得到他的名下吗?"

"那不能，八娘死，这里的捕房一定抓他进班房，什么时候抓到别人什么时候放他，那时，这冬宫才是他的。"

"所以，晋龙先生您刚才说的，婚前杀，凶手是管家，婚后杀，凶手是新郎。现在看来……"

"嗯，凶手确乎未必如此，管家杀，哪怕在婚后，只要栽给新郎，让他解不脱，也不失为一盘妙棋。"

"所以，虽然完婚，也并非只有新郎一人有杀八娘之心。"

"汪润老弟想得恰当，正是这样，这另有其人的凶手只要陷害新郎，就可得逞，因此……啊，通了，想通了，新郎要丫鬟随身，就在此了，他看到八娘处境凶险，想到万一八娘一死，他必难逃嫌疑。"

"所以就在自己身边安排一个人证。"

"证明他的清白，才好财产到手。"

"是这样，一定是这样，晋龙先生想得透彻。"

"这样想来，新郎也是见了那句预告，生的防范之心，如此看，发预告的果真不是新郎？"

"看来，不是他了。"

"但从他安排人证来看，他确乎是为财产而来，这是确凿的了。"

合影已毕，餐厅里跑进几个男宾，呼妻唤妾，打道回府。厅里已不见了八娘，众人从厨房要来案板、抬杠，穿上绳索，把秀城按在板上，又要了各样调料，一样一样生生涂在脸上，蜂拥笑喊着抬上楼去。

告退的男女穿衣戴帽，管家、旗袍送客。

"孙老板，干吗就走，留下乐一乐！"有扛板上楼的人喊。

百货公司老板冲叫的人摆摆手，随人向外去。

余仕想再躲着不像话，便站在那里，果然卢老板从后近前，问候一声，余仕忙回身握手，卢太卿无奈道："家祖母近来病势沉重，老人家惦记重孙的事，我想给个交代，让老人甘心。"

余仕正色，恭敬说道："卢老板容我想一想，事情已然清楚，这一两天我必给您一个确凿判断。"卢太卿不多问，点点头，告辞。

秀城在案板上晃躺不住，又兼看见军长扛着杠子，便作势要下来。军长玩得起劲，吼住秀城，一群人肩扛手扶，抬着板上的秀城，一层一层，直涌到洞房。文场一路锣鼓点相随，丫鬟静静地，跟在最后。余仕，更后。

院门，一辆辆车挨次停下，管家、旗袍躬身道谢，客人上车，扬长而去。游乐场老板和百货公司老板共乘一辆，车门一关便道："就是八娘自己写的预告，什么杀人，就为让我们来，出风头。"

"是啊，我也是看了她危险，不好不来。"

洞房门被拍得震抖，"谁呀？"红娘的声音。

"送饭的，快开门！"众人扛着板子，板上的秀城。

"我且问你们一问，若答得对，便开门，答得不对，今儿个新娘新郎，门里门外不得相见了。"

"直管问来。"方导演戏腔作答。

"送的是什么饭？"

"秀色可餐。"

"给什么人吃？"

"色中饿鬼。"

"哈哈，错了吧，新娘哪里是色中饿鬼。"

"不是饿鬼，那是什么？"

"是老牛，我们新娘今儿个要，老牛吃嫩草！"门开处，八娘盖头蒙面，一身戏装，红娘抖下盖头，露出牛魔王的犄角头饰，八娘迈步出门，痰嗽一声："嗯哼，新派新人新草绿。"

众人语塞，一时出不来下联，余仕暗道"果①脏"，却也

---

① 果：果然。

不便佯羞诈愧，随口应出，"牛气牛鞭牛口红。"众人叫好。

"横批！"红娘喝令。

"军长请。"余仕提杖拱手。

军长让杠子压得肩疼，"连啃带咬。"

众人大笑。

众人上前，"八娘请用餐。"

八娘俯身，舔去秀城脸上的调料。

众人抬秀城入洞房，在床前一掀，将他滚落床上，下人进来接了案板、杠子收走。

见满桌的礼物耀眼，众人弃了秀城，围桌议论。余仕眼睛扫了一遍洞房，初见八娘时没得细看。他只看吃喝之物，一架小车，点心、茶壶。新郎要丫鬟随身，电台说了电杀，余仕不想，毒杀才是。正见秀城连取了两块点心，匆匆嚼了，茶水送服。

众人点评礼物，论到一个银墩，众人拿起来看，是电影公司的徽标，罗马、方导效力的老板送的，众人赞礼物做得巧，手里掂一掂，都说足有五十两。礼物中独不见纱厂童老板的，见问，童老板拈须一笑，指了指床，一匹细布横在床尾，众人去看，"这么宽的布，怎么织得出来？"

"我从英国订购的机器，专给八娘这床用的。"

众人乱说开了，铁路局长的公子抢道："这件礼物太奇了，正配八娘。"

"怎么讲？"

"八娘见红后，不必换床单，往下拽拽就好。"

八娘笑骂："放屁。"

"仁兄说得正是，这匹布长八丈，每丈图样不同，八娘每次用一丈，每次一景，正好八次。"

那名艳妓看得喜欢，坐到床边去摸那布，军长烦了，骂道："也不看看你是什么东西，哪儿都有你的座儿？"

艳妓忙站起，出去。

"八娘别当回事儿，她不懂规矩。"

"没事的，军长，一张床，又不是金的银的。"

众人一时僵住，方导演忙挤进来，"各位各位，这个我看可以当作八娘的旗子，我们不妨把它挂到外面去。"

"怎么挂？"

"哎，我们把床搬到窗前去，要八娘一次向外扯一丈，一次一个图案，移步换景，大家在下面也好记账。"

"好，好主意。来，来，大家来搬。"

"等一等，好妙的主意，不能这么糟蹋了，"红娘一摆手，"新娘新郎，这厢，有请了。"

众人又是叫好，八娘抬手，以袖遮脸，作扭捏戏态，碎步至床边。秀城指一指在众人后边看热闹的陆舟，"请记者先生暂且回避一下。"陆舟胸挂相机，手插裤兜，一愣。"对，对，不要乱照，这是八娘的绣床。"军长说，陆舟悄退。

众人催着秀城也上了床去，不叫坐着，只好躺下，众人又是一番催，八娘躺着从床头蹭过来，二人搂在一处。众人叫着号抬床，不知从哪里滚下一堆大洋，从幔帐落在地上，有人忙抢，被人笑说："不作数，不作数，八娘震掉的才是好的。"

那床四根铜柱，上头一顶床幔，且又宽大厚实，围满人方抬得动。抬床的众人故意晃晃停停，八娘、秀城搂着滚来滚去，八娘笑。

早有人抬桌挪椅清开了地方，大床一路浪荡到了窗边，众人喊着号撒手落地，把八娘二人震得在床上一弹。回头看，床空出来的一大块地方，空荡荡悬着一根绳子，缀满流苏，墙上八支细剑。

红娘挽上散了的幔帐，"各位将军、老板可真是不惜力，正经的金山银山不去搬，却在这里搬弄不正经的大床。各位的心思我猜着了，列位爷是心里头着急，着急这张床上的折子戏开唱，只是列位可知，这戏开场前有件大事得办，是什么事呀？"有人爬柱登高上去，把一摞大洋放回帐顶。

"喝酒。"有人应道。

"好不晓事，既然知道，还不让路，闪开了！"红娘挥开一条路，搀八娘，"八娘见驾，挡者死拦者亡，想万寿无疆的趁早让开了！"众人闪开一条路，红娘扶八娘走出洞房，下台阶在三楼一拐，转至一间大房。红娘一路上讲解，"八娘每次大婚都要经男爵的御批，酒是男人的魂魄，喝了男爵的酒就任男爵处置，是穿肠毒药还是酒壮英雄胆，全看男爵在天之灵了。"

有客人坏笑，"以往的几个看来是没得男爵青目。"

房间内一溜儿照片画像，老老少少，男男女女，俱是洋人，下边一排供案，香炉烛台，点心果盘。一进门墙上龛座上一樽酒，罗马和方导在墙边看酒，方导伸手上去，被罗马吓住，"找死。"

"对，快闪开，沾八娘酒的男人，非死即残。"红娘扶八娘过来。

八娘在墙前，向上拜了一拜，取下酒来，红娘在旁对酒瓶喊，"有请男爵大人，八娘婚万次，次次都是您，喝了您的酒，就是您的人。"两个仆佣并举一张长托盘上前，盘上一支洋酒杯，盛着半杯牛奶，八娘倒酒，杯中白雾一闪，奶酒混作一团。

该秀城的了，他却分开众人，脸带歉笑，从门口拉来陆舟。

八娘捧瓶，秀城单腿跪了，举杯向酒瓶，侧脸看陆舟，红娘随着鼓点，朗朗诵道："新郎替老郎。"陆舟讨好地摇头，指脸，秀城想起脸上的调料，犹豫要去洗，女佣送上手巾板，秀城忙一只手拿毛巾，匆匆擦了，又举杯，"砰"的一闪，照了，又是一地白渣，陆舟走到一边给相机换上新的胶版。红娘接道："新郎替老郎，立志降八娘，八娘降不住，决不离沙场。"秀城跪着，仰杯饮尽，众人叫好，秀城觉得口中有异，以手相接，吐出一枚戒指，红宝石戒指。众人愣，叫好，秀城也愣，八娘手指戳了下他的额，"你呀。"

"呜呼呀，八娘的红宝石戒指，沙皇的宝物。"

"能换一片厂子的。"

"苦啊，苦啊。"众人叹完，随罗马喊。

"喊什么呢，苦啊苦啊的?"军长向两边问。

"罗宋话，让八娘亲嘴。"

"对，对，得亲一个，亲一个。"

鼓点催促，八娘、秀城的脸凑到一处。

红娘两支水袖抖成波浪，将众人往回赶，众人回来，却被红娘抢先挡在台阶放过八娘，不许众人上去，"回洞府了，妖精要睡了，列位，散场，散场。哎，新郎呢?"

有人看见了，说新郎在祠堂里拜男爵一家呢。

红娘赞了几句新郎，等秀城赶来，放上去，又甩水袖，挡在两人前边闪众人的眼，众人喊着向下走，"八娘，不要做空头，实打实的'八'啊。""路漫漫兮，八娘。"

一位老头，挂根白杖，堵住丫鬟，点着指头叮嘱，被旁人拉走，"人家听不见。"忙放丫鬟跟了秀城去。

红娘推推搡搡赶走众人，眼见洞房门关上。

众人闹哄哄下楼，军长意犹未尽，"没玩出圈儿去呀，没出什么花样儿啊。"红娘、艳妓陪在两边，红娘道："您枪炮听惯了，这一点点儿动静哪儿看得上。下去唱戏，我这耳朵修了福了，有缘听听军长的嗓音。"

公子和方导不随人流，抽着鼻子在三层的各个门前乱找，"是这里，这间屋。"说着便去拽门。

旗袍忙跑去，"两位爷找什么?"

"八娘的烟室，都说八娘的烟好，枪好，榻也好，我要见识见识。"

"公子爷公子爷，八娘的床好上，八娘的榻难见。"

"怎么讲?"

旗袍低声嬉道："八娘抽起烟来丑态百出，原形毕露，所以烟室从来是锁着的。"

旗袍点头哈腰，陪二人去了。

众人到了楼下，红娘招呼入席。客人又借势走了一片，作揖告退，忙乱了一阵。

余仕又躲进餐厅，听了几句收音机，等外面踏实了。

"酒要是没了，八娘以后就不续弦了？"

"汪润先生为古人担忧，酒有一打，一次只喝一杯，足够八娘嫁娶到八十岁。这是男爵生前从广州革命军手里重金购得，轻易不喝，平日只喝瑞典窝德家，罗宋窝德家难得，不舍得，谁想现在留给了继位的男人。"

余仕出来，还去座位上坐。台下架了摄影机，客人中不知是谁，花钱点了电影公司，要唱戏留影。其他客人见了，叫过电影公司的人，问了价钱，纷纷定了胶片，各自都要拍片留影。

红娘见客人为了拍片都去画脸上妆，只得拉了几位闲坐的上台清唱。

台上荒腔走板，余仕不好不听，在靠边的桌坐下。军长依旧坐在台下正中，听了两段，无聊地起来在院里闲转，管家见了忙上前低语几句，军长问："印度娘们，手重不重？好，去舒坦舒坦。"管家引军长、艳妓进去，坐电梯上三楼按摩。转眼，管家独自下来，在厅门里站住，看着舞台那里，愁眉不展。

几段南腔北调唱罢，余仕听得几乎忘了京腔京韵。方导和公子嘘停场面伴奏，手罩在耳后仰脖向上细听。

"哪里听得见，要能听见，真是河东之狮了。"

"八娘虽壮，其声却纤。"

众人正笑，外面街上的人先嚷动起来，听得一声气球炸响，落下一支剑来，八娘站在洞房的阳台招手，窗里抛出丈许床单，场子里众人冲八娘叫好鼓掌，喊"一"喊"one"地乱叫，街上的人越发喊起来，听着是要看看新郎，八娘向房里招手，好一会儿，秀城才出来，街上人一片乱叫。

伶人们挽起台侧的幕帘，四个龙套扮了小猴在台上翻筋斗。盼了半盏茶的工夫，才见八娘换了衣妆，挽着秀城从厅门出来，丫鬟随后。八娘唱着，碎步蹈到台边，穿帘来到台上，秀城跟在远处，立在那里仍是张不开口，八娘自己唱了一段，一对新人相携，步下台阶，与众客相见。

红娘在台上道："八娘今天演的是折子戏，一波八折，台前幕后都是戏，台前的戏我们亲眼得见，八娘的唱功、身段倒是都有，只是这幕后的戏怎么样，大家伙儿是无缘得见了。"

"有缘见，把八娘的床抬下来。"众人哄道。

八娘和秀城在主桌坐下，台上开了新戏，众人看戏，台上，定了胶片的客人扭捏作态，看得台下一阵阵哄笑。远处靠着花坛的一桌，申英不看戏，远远地看主桌旁立着的丫鬟。

余仕看见小施溜过去俯身对秀城说话，知是要采访新郎，便抓了一把瓜子，将手杖挂在胳膊上，嗑着瓜子，进厅，进餐厅，开收音机。

"我看不是巧合，男爵留下了八支剑在墙上，八娘天天看着剑，将这数目郁结于心，因此才有八次之数。"

"啊，是这样，确实可能是这样。司先生才应该去开坛算命，能看透人心里边的事情，一定香火不断。"

"汪润老弟笑谈，笑谈。"

"等一下司先生。小施，好的，已经连线，请讲。"

"各位听友，我现在在冬宫大厅，对新郎进行采访。你好，新郎，恭喜恭喜，请问新郎多大年龄？"

"二十三。"

"请问新郎哪里人？"

"我叫陈秀城，祖籍镇江，来上海三年。"

"陈先生，你对杀人预告的事怎么看？"

"我和周围的人还不熟，想不出是怎么回事，我猜，大约是有什么算计在里边。"

"陈先生是说有人怀有阴谋？"

"是。"

"陈先生进了冬宫，对这里有什么想法？"

"大。"

"是的，冬宫的确很大，你知道八娘有多少家产吗？"

"不知道，很多。"

不疼不痒的几句问答，小施结束了采访，余仕听得失望，透过餐厅门看见秀城带着丫鬟往厅外走，遇见司机进来，拉到一边，低语，司机连连点头。话毕，司机兴奋地去了，秀城、丫鬟向外走，出去，下台阶，见到陆舟闲靠着白桦树，便拦了一个佣妇，领到跟前，把端着的茶点给陆舟一份。陆舟受宠若惊地谢了，闲聊两句，秀城仍归席坐了，陪着鼓掌。

一行仆役来来往往，向院外端饭，八娘的司机领着，一个个向外面闲聊的司机道辛苦，"这次不方便，让各位在外面委屈了。"

满街的人走了大半，司机请过华捕来，就在院墙外摆了茶几，坐下吃饭，街人对面呆看。

管家拿一只精致铁盘，到主桌，八娘拿了盘里的信封拆开看，放回，管家把盘子送到同桌的红娘眼前，红娘看了，忙站起迈阶几步，上台，喊停了龙套的过场戏，"列位，列位，北京，法国大使夫妇的电报：普天同庆，彩霞纷飞，这是我加的词儿。列位请听：法兰西共和国驻中华民国大使杜郎先生偕夫人，向叶卡捷琳娜女士及其夫君祝贺新婚！"

众人起立鼓掌，秀城随八娘起立，八娘向人扬扬手。管家收了电报，走，秀城赶上，从后面拍了下他的肩，管家回脸见是秀城，意外，被秀城拉进厅里说话，丫鬟跟着，像影子一般。

陆舟在席上没有座位，挎相机端茶点坐在花坛沿上，门人跑来，过去说了句什么，陆舟忙从挎包掏出几块胶版跟去，院门外，报社的跑腿等着，接了胶版，拿了陆舟匆匆几笔写的稿子，上黄包车，回报社。

"罗宋贵族都讲法语，八娘和男爵学了不少，这些年在法租界自然是如鱼得水，据说法国人借冬宫接待过法国要客，使馆当然这个时候要有所表示。"

余仕踩椅子坐在餐桌上，无聊呆望着院里嬉闹的众人。八娘又唱了一段，便和秀城辞了众人上去洞房，众人笑哄相送。余仕关了收音机，懒懒地去到厅里闲逛，仆佣来往，各自奔忙，余仕见墙上电话下的高凳原是一张棋桌，便挪到角落，拉来把椅子坐了，冲厅里厅外来回乱跑的下人招手，有仆人跑来，听了吩咐，不知到哪里翻腾出一盒象棋送来，余仕记得一副残局，摆上，独自对弈。管家带了八九个仆役路过，竟未看见余仕，一群人匆匆上楼去了。余仕试了几趟棋路，屡屡不通，重新摆上。管家出电梯，见余仕一人下棋，孤雁一般，觉得不忍，正好刚才的一群人从台阶下来，管家从中叫住司机，送到余仕跟前，"招待不周，余先生见笑了，这是司机，会走几步棋，陪余先生坐一坐。”

余仕谢了管家，指了近处的椅子，司机跑去搬来，谢了座，坐了。余仕让他看看残局，司机琢磨。

“怎么这好几个人跑上去一趟？”

司机见问，从椅上欠身答话，余仕点点手，叫他坐下。"是上去四层抬床去了，客人老爷们玩得高兴，把床弄到窗前去了，我家男爵叫我们抬回来。”

司机走了几次残局，也是输，余仕便摆新棋，当头炮把马跳地下起来。几步之后，看出司机让棋，余仕不许，司机大胆吃子。

“我见刚才新郎找你说话，说了什么？”

司机看看近处无人，"要我找几个人手，我教他们开车，是要开出差公司，早几天就和男爵要过的。”

几盏茶的工夫，司机在弄堂里下熟的野路子，余仕不敌，连输两盘。

小童跑出，到电梯拉出小食车，送进厨房，余仕见过他几次跑来跑去张罗，小小年纪不会是管事的，想起八娘床那里悬的绳子，明白了他是听铃小童。片刻，女佣装了糕点推出，送进电梯，按键关门，自己并不上去，回了厨房，电梯走了。余仕叫苦，八娘这个时候还吃点心，何时开饭。

谁知半盘棋后八娘就偕秀城、丫鬟，同江太、李千金从台阶下来，对阶下等候的管家吩咐："开宴吧。"管家向厨房方向点点头，自己上电梯请下了军长。

余仕拿捯，专心下棋，心里在想江太，觉着她今天必是个要紧的角色，至于是哪个角色，同谋还是主使，暂且不猜，余仕更着急的是，这样一个女人，如何是妙玉？仆佣来往上菜，管家近前请了两次，余仕才推棋起身，向司机点点头，出去依旧坐了靠边的空桌，邻桌的几位忙请同桌共饮，余仕不便推辞，去坐了，不想竟挨着江太一桌。想是江太不愿去坐中央的女宾席，坐在那里大家彼此不舒服。两位与江太同桌，李千金照例沉着脸，申英闷头抽烟。

台上换了评弹响档，吴侬软语，余仕只觉好听，一字不懂。

"列位，列位，"红娘以叉击杯，叮叮作响，"八娘大婚，军长光临，张军长是当今政府钦差，手握重兵，把守上海，八娘面子不小。现在，请军长祝酒！"

众人鼓掌。

军长仰脖问："祝酒，怎么祝酒？"

"就是，就是训话。"

军长敞衣露怀，站起，"各位老少爷们，我张某人来到上海，全靠各位帮衬扶持，尤其是八娘，没少帮忙，替我平了好几档子麻烦。虽是女流，八娘，仗义！我这次回北京，替你在那边立了口碑，什么部长、将军的，都知道了你。来，各位，敬上海八娘，喝！"

"干杯！"红娘举杯，众人站起，"干杯，干杯。"

八娘伸手，却被秀城拿了杯子，两手各执一杯起立，对军长说："军长对新娘真是太好了，您放心，我必定为您老人家照看好她，不让她受一点委屈，军长不信，您看，今天所有新娘该喝的酒，我都代劳。"

"嗯？替八娘挡酒，好，算你小子有良心，就这么地吧。"

远处席上的人听不清，问说的什么，红娘道："军长老护着八娘，新郎叫军长放一百个心，新郎为了有所表示，今天的酒全由新郎替八娘喝。多年以后这就是千古佳话了，陈郎代酒。"余仕听了，知是秀城糊弄军长，上海人不灌酒的。

秀城向军长微鞠一躬，双手探出，用两只杯子碰了军长的杯，向众人举杯，仰杯两次，一一喝下。

众人喝彩，喝酒，落座。

旗袍不坐，按他知道的各人喜好，替各桌加菜，穿梭移步招手指引上菜。门人送进几张报纸，旗袍翻看股票版，讨好地笑，报纸递到几位客人手上。余仕发觉桌上的客人看了报纸，暗瞥邻桌的申英，不知何事，借过报纸，头版，《被绑工人意外获释返家》。

八娘、秀城一桌桌道谢、敬酒，旗袍随后，丫鬟如影。秀城躬身，左右两杯，各啜一口，余仕量了手里的杯，算计新郎要喝半斤上下，因是黄酒，并不为难，芳官尚吃得二三斤惠泉酒。

看见小施闲下来不知坐哪里好，余仕招手叫过来，拍拍旁边椅子让他抓紧吃喝。

敬到余仕这桌，倒酒，八娘拱手致谢，一位西装客人谦道："八娘何必客气，别人不说，我是不敢不来，惹恼八娘，挤兑提款，我的银行立时就垮。"原来八娘如此巨富，余仕看秀城，虽举杯赔笑，却不见了宝玉的随意，只剩湘莲的英气，如雌雄双剑在身。

下一桌，申英早早站起，端杯在等，江太缓缓起身，李千金等各人话毕举杯才起来，一直不看新人，勉强举举杯子，放下，坐下。

申英凑近八娘，"我把丫头买回来吧，三千？"

八娘白他一眼，"还惦记这事哪，亏心是吧。"

"我问了，那工夫还没客人，就是她。"

"你不是把人都放了吗，事情完了，你还闹腾？"八娘低声，"把她买回去你能怎么着，要她的命？你还想不想在上海滩混？"

申英语塞，秀城忙掏出纸烟，"申老板吸烟，吸烟。"

"对，新郎官敬烟啦！"旗袍道。

点了。秀城转向江太，躬身，上烟。

"江太不吸，江太只吸骆驼的。"旁桌扭身看热闹的人道。

江太接了，"新郎官嘛，要给面子的。"

"谢江太赏脸。"秀城点烟。

"敬咱家大小姐一支。"八娘笑看李千金。秀城上烟，千金皱眉，不动。八娘说："自家的烟，你看看牌子，不吸也得吸啊！"

千金眼睛低着，伸手接了，秀城点上，八娘又客套两句，带秀城离开，千金把烟丢在烟缸。

主桌那里众人围着向军长敬酒，秀城向八娘说句什么，绕去上台阶，进厅去了，丫鬟在后如影。

余仕对杯中的酒皱眉，放下，装作不喜黄酒，向同桌人欠欠身，绕出席间，上阶，入厅，仍是餐厅，开收音机，看着门外，等看秀城去了哪里。

"司先生，我料想这是鄙台的功劳，早间我台公布了八娘府发现的字条，使得绑架者受不了压力，所以放人。"

"不错，贵台确实声高望重，我劝上海各界想扬名的，多来这里做广告。"

"谢谢晋龙先生，就请各位收听几则广告。"

温软女声："今有不列颠女士窥可小姐爱犬盖尔先生，欲寻佳偶，盖先生出身高贵，纯正京巴血统，如有同种同族，品貌相当的年轻犬女有意相配，合欢之后，窥可小姐愿均分后代，并付五元礼金。"

看到秀城出去回席间，余仕出餐厅，不想遇见管家从厨房出来，便说喝不惯黄酒的味道，叫取一瓶白酒放去桌上，并问了厕所所在，拎杖去了。开门便是淡淡的酒气，见自己猜得不错，余仕转身出来。

酒席已乱，客人们各桌乱串敬酒，一片热络。余仕坐回去，果见一个侍应生送瓶五粮液来，想了想，不是时候，仍把黄酒满上，片刻，不断有人来碰杯，他应酬地啜了两杯。

余仕扫一眼，跑去两桌敬酒的最多，一桌军长，一桌江太。他再向江太桌看，李千金的椅子空了，碗盘干净未动，他看厅门，不见千金，却见陆舟出来，似是刚从哪里吃了饭来，一个老板看见拦住，扯他到一边白桦树荫的车道，说了两句便开始指脸。余仕看着眼熟却想不起那人是谁。那人说着说着脸上发狠，余仕想是记者拍过人家的私事，果然影影绰绰听到，"是你不是？敢偷拍我，不许再让我看到你！"陆舟向江太看，江太在举杯应酬。那人攮着相机皮带抖拽一下，陆舟护着相机垂头去了，向院门走。

秀城捅一下围着主桌凑趣的旗袍，指指车道方向，"叫他来，给军长照相。"旗袍忙跑去叫住陆舟，挑着大拇哥向后扬扬。秀城向军长说:"军长赏脸,机会难得,请合照一张相。"

军长手握腰带,一手握杯,正在听敬酒的拍马,艳妓一旁劝他别喝,他扭脸听见秀城的话,"照相?好,照一张。八娘,来。"白杖老头不知好歹站去军长身边等着照相,被人拉开。

那个老板眼睁睁看着赶走了的陆舟回了席间,自己没好气地坐下。余仕心下喜欢,新郎聪明,聪明人作案必是有趣。余仕专心吃喝,美味。

不知何时,八娘与军长划起拳来,艳妓又拦,"你醉了可就不能在这里玩了。"

"不怕,早为军长准备了,军长醉了就睡这里。"

"八娘你不知道,他喝不得酒的,醉了就成小孩子,怕得要命。"

军长不睬,依旧划拳,红娘忙上台,停了评弹,"列位列位,军长、八娘雅兴,行上酒令了,列位别闲着,加傍加傍,谁跟军长,谁跟八娘?"下面一片喊,乱应。"列位好兴致,我来点将吧,一三排桌跟军长,二四排跟八娘。军长输了,你们喝,八娘输了,他们喝。就这么定,二位主将,开战吧。"

军长、八娘索性站起,伸手划拳,大官工兵胜地雷①,口中叫着:"从前有个人儿啊,他偷我花生仁儿啊。"八娘输,秀城站起,举杯,红娘忙道:"八娘输,加傍的喝酒。"众人

---

① 猜拳的一种:大官(两手放肩上作肩章样)胜工兵(两手作铁锹挖地状),工兵胜地雷(两手捧圆球状),地雷胜大官。

豪筵影戏

举杯，嘴唇沾沾杯子，"喝，喝。"秀城干杯。

"我刚想拿枪打呀，一看是我儿，我儿脸皮厚，一枪打不透，我儿脸皮薄，一枪打不着。"余仕等着看秀城怎样，一场斗下来，共是四杯黄酒，军长那边三杯白酒。只看见背影，余仕猜是秀城向八娘使了眼色，八娘向军长笑言几句，军长看看秀城，点头，"去吧，去吧。小子好好干。"

八娘偕秀城辞了军长上台阶，向众人招招手，进厅去了，红娘圆场，"新娘刚跟军长说，看新郎酒喝得差不多了，酒壮英雄胆，借酒劲回次炉。"

"英雄，"众人听了乱喊，"谁是英雄？八娘不恋张生，恋张飞了？"

余仕拔去木塞，倒酒，专心吃菜。他的习惯，遇到好厨师，至多吃两样菜，多吃就成"折箩①"了，就像听戏，听了好戏，他拔脚就走，绝不叫后边的戏混了味儿，在洋车上一路任余音荡气回肠。

忽然局长公子立到身边，端着酒杯，余仕见来敬酒，忙站起端杯，彼此客气两句，喝了，公子却不走，"我有预感，今天八娘必死，凶手现在就在冬宫，余侦探看，谁是凶手？"余仕苦笑，公子只得笑笑走开。

艳妓离席，到卫兵的桌去找副官商量，"该把马车找来了，看样子快了。"

副官答说："已经等在外面了。"

正说着，忽听主桌那边椅子倒了，周围人一片轻叫。

———————

① 折箩：旧时下人把主人家的剩菜倒在一起加热后吃的大杂烩。

"坏了，"艳妓等忙跑去，军长已经蜷在地上抱头发抖，见人凑近就"哎呀哎呀"地叫，只可副官近身。副官冲卫兵们吼："抬进椅子来！"回身拔出枪给军长看，"军座，不怕，咱有枪。"又用枪划拉众人，"谁有胆害军长？找死。"

众人退后，"不敢不敢。"

卫兵抬进一条长椅，把军长搬上去，也不道别，匆匆抬椅出院。余仕一直没动，也没跟出去看，知是一辆马车接上人走了。军长醉了就怕生，怕生人，怕生疏之物，不敢上汽车。

事发突兀，众人木然，各自归座。有人因余仕同是北京人，必知军长底细，便来相问，余仕只说："军长不同常人，常人喝酒胆壮，军长不凡，酒后胆虚。"

各桌众人暗笑议论之后，依旧谈笑宴饮，渐至酒足饭饱，脏盘凉汤。眼看就要冷场，仆人们出来一片，收盘拿筷，红娘招呼众人让出场子，众人知道是要有好玩的，听红娘指点站到台阶上，仆人清开桌椅，腾空了场子。

门人送进份报纸，余仕过去从管家手里要过看了，秀城半跪举杯的照片。

外面，一个越南巡捕骑辆自行车赶来，个子矮小精瘦，脖上挎着两个拳套。跟着，一个日本浪人的洋车也到了，二人稍等片刻，等来了一辆破旧的汽车，下来个罗宋保镖，三人一起进去，站到场子里。旗袍一一介绍，法租界的巡捕，镖局的洋保镖，平时好打西洋拳，不时组个场子挣外快，浪人客串裁判。斗拳不计点数，认输为止。旗袍想从场面借锣，见人家不舍，便叫坐在场边等着替他打锣，旗袍掏出怀表，不看拳只看表，到时便叫敲锣。等到众人相约下注，彼此说定，旗袍向浪人点头，浪人替两边系上拳套，吼了几句，将手一劈，开场。一片喊叫，两人打得凶猛，众人越看越上瘾，在台上看拳的场面不由跟上了鼓点，先是鼓板和堂鼓，打到兴处，小锣不禁跟着赞叹，一个使劲，却"啂"的一声叫停了拳手，红娘忙跑去按住，有个老板向上骂，他下注的越南人刚才打得正好，众人笑劝，那老板不由也笑。余仕看不惯拳击，悄退，仍去餐厅。

"看了这照片上的少年，我不由惊叹，一是俊，一是瘦。怪不得八娘发昏，这样俊俏，确是要婚一婚的。可看这陈秀城的瘦样儿，只怕当不了八娘的丈夫，能见一见二娘的面已是强弩之末了。"

"是啊，是啊，新郎这样瘦弱，怎么受得了折腾，这婚礼哪里是八娘危险，反倒分明是她谋害亲夫。"

"哈哈哈，挤对得老实人冒粗话了，汪润老弟仗义执言，横刀护美。你我溜溜乱猜了一天，哪有什么杀妻夺财，我看这陈秀城红颜薄命，命比纸薄，哪儿禁得住八娘的气息，简直是吹弹可破。除非，除非八娘肯为了这俊，在惜这瘦。"

"司先生怎么讲？"

"怜香惜玉，节约用电，点灯只在初一、十五。初一、十五尚且为难，八娘还需长一长排行，不做八娘，改做大娘。"

"笑谈了，笑谈了，不过，看了新郎陈先生的照片，我们真是替八娘松了一口气。"

怕看拳见血的女宾零星进来，余仕便出去，仍是棋桌摆棋。

司机原是同下人们在白桦车道挤看热闹，远远看见余仕走开，猜是又去下棋，不等管家安排，忙从楼后的厨门进去，在厅里等了一等，果见余仕露面去了棋桌，赔笑过去，哈哈腰，在对面坐了。余仕问怎不看拳，司机答说："管家大哥不许我们赌，只看，不带劲。"

棋间，八娘再次完了事，出电梯，没看见余仕，直朝厅外去，后面的秀城看见余仕在下棋。

不一会儿，秀城带着丫鬟返身进来，走到近前招呼，余仕这才抬头看见，笑笑点头，等看秀城说什么。

秀城却转对司机说话："人有了吗?"

司机已经站着，"有了，都愿意做，高兴得不得了。明天就把他们叫来挑一挑吧?"

"不急，先等等，还有事没妥当。"低头看了看棋，秀城向余仕说话，"余先生的棋路好，攻的势头强。"

"可一直在输。"

"左边的棋动一动就好了。"

余仕看棋，似懂不懂。秀城道声"失陪"，带丫鬟出去，余仕不便立刻跟去，又走了几步棋。

余仕出到厅外，眼睛在大呼小叫的众人中找见秀城，在八娘身边静立，似是觉得斗拳无甚趣味，不像八娘，拍手，大说大笑。

越南巡捕不出所料，身躯瘦小却颇耐打，且有劲，竟打满十个回合，倒了两次，不等裁判数数便挥拳蹦起来。

最后，还是越南巡捕输了，罗宋保镖身大力不亏，小个越南人屡不得手，看看无望，回合时间到，锣声一响，招呼也不打一个，赌气不等赏钱，连份钱也不要了，用牙咬绑绳摘拳

　　　　　　　　　　　　豪筵影戏

套，直向院外去了。

浪人照规矩拉过保镖，握着腕子把他的手举了举，定了输赢。看客有叫好的，有叹气的，互相算账结钱。旗袍把管家递过来的美钞给了浪人，又要个仆人抱着口磬在客人中间转了一圈讨赏，客人们乐意不乐意胡乱叮当作响地扔了些大洋在里边，回头倒给浪人，浪人张开衣襟接了，和罗宋保镖两个向众人鞠躬，到院外进汽车分账。

八娘饶有兴致地看完，才带秀城上楼回洞房，因见众人乱哄哄还在争说斗拳，就没和人打招呼。余仕恍惚不记得次数了，踱到月台西沿上，向那边看，数了是三支剑，三丈的布。看看日头，估算一下，若完八次之数需到半夜了。

厅里已支了两桌麻将，女宾在打，有男客见了也去院里凑了两桌人来，外面都是圆桌，便叫管家又去找了两张方桌搁在厅里。

不知何时，从厅里抬出了钢琴摆在台上，院里稀稀落落来了几个人，是电影公司的演员，各自拿着台词本在台上准备，局长公子也上去客串，方导演挨个叮嘱，只等时候到了便对着话筒一个个念台词。

靠南的花坛边铺了一条长桌，白桌布，两打洋酒，洋式点心，余仕知是换了酒会。场子四边散着摆了几张小巧的咖啡桌，围上三两把椅子，江太已坐在那里，细高酒杯，纤长烟嘴，一杯酒，一支烟。众人执酒，三个五个地立在场子里看着台上，初而听得新鲜，过了几幕便没了兴趣。余仕听了听，看的电影不多，烦电影园子里乌烟瘴气。记不得戏文，听着好像是把罗马的哪个电影改成了新剧，却又不见动作，只是念白，不应叫新剧，想是该叫电台剧之类。本是罗马的主角，却见他只在台下闲逛，余仕想起他中看不中听，嗓子像是倒了一般。电影无声，说不明白事情，改成电台剧，故事变得细致，别有风味，客人听得无精打采，周围的下人们却早盯着台上发呆掉泪了。

旗袍到各个人堆说话，谄笑，到了余仕这里才知他是央告各位多留几个时辰，不要看看不耐烦想走，给八娘帮个人场。余仕点头，说声"放心"，心想不见八娘的生死有个结果，怎好离去。

申英依旧垂头丧气，想在江太桌坐，被江太烦道："你去别桌坐坐，一脸晦气。"

太阳落山，台上的钢琴时紧时慢，戏入佳境，西边八娘扔下剑来，独余仕听到，看看又抖出一丈床布，街上的人已懒得喊了，场子里的众人，或闲聊，或看戏，或发呆。八娘偕秀城带丫鬟波澜不惊地下来，拿了酒，和聚上来的宾客应付几句，看见余仕在远角上的咖啡桌搭杖坐着，一手拿着瓜子在嗑，笑吟吟地过去，余仕见八娘三个围拢过来忙站起相迎。

八娘客套几句，余仕随口搭音应付，等她几人走开。申英闷闷地凑到圈外，等八娘回头看见，说："没什么事了，我先走吧。"

"要走？嗯。"

"申老板是要客，怎么能走，一定要给面子的。"想不到秀城竟然这般嘴快。

"差不多了，我别凑热闹了。"

"走？好哇，拿上你的名帖。"八娘甩出一句。

豪筵影戏

"申老板放心，不几天就要去黄府还礼，我一定提醒，带上你的名帖。"秀城说。

申英听了，方不言语。

"李小姐怕也想走。"秀城说。

八娘眼在四处找了找，"她的车子钥匙在我这里，走不了的。"

秀城看见陆舟在花坛后边半蹲半靠，拿了杯酒送过去，说几句，拍拍背，陆干笑，点头。

余仕刚想秀城走东串西，已有男主风范，就被他回来伸手相请，"余先生一个人坐，闷得很，要不然，我陪余先生下盘棋去?"八娘附和。

余仕觉得秀城话中有事，便点头，一手提提瓜皮小帽，向八娘施礼抽身，顺便四下扫了一遍，不见众客有异，只是看见江太独坐，身边椅子空着，罗马在几步远处看戏。

绕过厅里的几桌麻将，丫鬟跟着，秀城先搬把椅子给她，丫鬟谢也不谢，在秀城后面斜着坐了，脸朝着厅门。和秀城两个落座，各自摆棋，余仕忽想为难秀城，便拦住他，自己摆了那副残局出来。秀城看棋，沉吟，出手一着，余仕从没想过的一步。二人对弈，你来我往，不上一二十步，竟是平棋。

余仕暗惊，想了一想，"我和那司机下了几盘，全是他赢。"

"是吗，他有这么厉害?看刚才那棋的局势不像啊，等几天我和他下。"

余仕更惊，秀城果然以为那残局是司机留下的，轻轻几下便破局。余仕捻杖思忖，如此精明之人，不知我今天是不是对手。

余仕忘了摆棋，秀城连对方的一起摆了。几步之后，秀城果然有事，"外面那个申老板待不住，心里不踏实。"

余仕点点头。

"有谁写了一张纸，说他是汉奸，电台的那个人看见了，就在电台里说了。"

余仕"嗯"一声，看棋，仍等他说下去。

"申老板就坐不住了。余先生会看相，写那纸的人就是这里帮人的，余先生要是找出来，让他去给申老板赔礼，就都安心了。"

"陈先生如何说写条子的一定就在这些下人里边？"

"那时辰还早，只有我和电影明星是外面进来的，申老板进门时，江太还说'他第一个到'，在申老板之前来的，只有这里帮人的，和我，和明星。"

秀城的话说得不齐全，余仕想了想，懂了他说的是什么，猜了猜，没猜出他想的是什么。他是想告诉，管家写了条子害申英，还是想告诉，罗马是八娘和江太共用的男宠？

余仕手刚离子，忽想到一步好棋，手忙按住棋子，见秀城眼中依稀一点轻蔑，只好尴尬一句"落子无悔"松开手。秀城连说"可以"，余仕知他客气，便坚不悔棋，正经棋手烦人悔棋捣乱。

情知下不过，索性卖个破绽，余仕出了一个五步死棋的昏招，看他让不让棋。秀城一愣，"余先生不愿意下了？"

"嗯？"

"我正要十一步将死，余先生干什么五步就死？"

"十一步？我竟然没看出来，已是死棋了？请容我悔一

豪筵影戏

步，看一看怎么就是死棋。"

"死棋是肯定的，但是不要认输，一定要走到最后，真棋手不要面子，提早认输只是保面子。"

秀城替余仕把棋子返原位，余仕小心走棋。果然，十一步，将死。余仕一笑，胡撸了棋，以为秀城是时候走了，秀城却码棋再下，余仕明白，他累，要多坐一会儿。余仕故意想棋，好一阵才是一步，秀城得以歇息，慢慢地下完了一盘，才又找八娘上洞房去了。

第四章

看不见的布局

余仕下台阶，扫了一眼，场子里已摆回了圆桌，茶点，客人似又少了。台上换了三个赤膊露腿的女郎跳艳舞，好在放的是唱片，声音不吵。余仕找到陆记者，走入花坛间，绕到他身边。陆舟两手比画成个方框，对着台上琢磨构图。

"打搅。"

扭头见是余仕，陆舟忙侧身轻鞠一躬，余仕推住肩膀，不叫客气。"刚才，新郎找你，说的什么？"

"并没说什么，要替我买胶版，大约是让我不要担心花费，多多照相。"

余仕点头，便转去找管家，正见管家从园门回来向楼后去，便提杖紧走几步，到了楼侧无人处才说一声"留步"，管家停住回身，余仕近前，"下午开宴前，新郎拉你到一边说话，说的什么？"

管家轻摇一下头，"不是什么要紧的，只说以后是兄弟，一起照顾……"他不知如何向外人称呼八娘，余仕点点头，道声"你请忙"，离了管家，转回场子。

舞女已经舞下台来，在各桌串，跳到客人腿上，有家眷在厅里打牌的都忙站起，免得舞女坐怀。余仕也不便坐，站在那里想管家说的，新郎拉他去无人处，只为说一句客套？

纱厂,下班的人流,天黑,小伙立在路灯下,让陈秀龄看到,她走近,好看的脸,忧色。他告诉她,他知道她的哥哥在哪里,衣袋里掏出报纸,秀城举杯的照片。

她看着,睡了一般,小伙拉了她才醒。小伙指了家剃头店,二人跑进去,店家三口在矮桌吃饭,女人撑膝起身,小伙忙说不理发,指一指收音机,"借光听一听。"

女人让他俩在长条凳上坐了,收音机里恰是八娘的婚礼,店老板提水桶出去打了水来洗毛巾,问一句,"买彩票了?"

"不是。"小伙应一句。

"那做什么听这个?"

秀龄低了头,老板愣,停手,"老乡?"

"不是,啊,是,是老乡。"小伙乱讲。

"亲戚?"老板惊,手比画个"八","谁的?这个还是,那男的?"

小伙不出声,点头。店老板看秀龄,在桶里一提一放地涮毛巾,半晌,"你哥哥会杀了那个老太婆的。"

"人家要小娘姨跟着,不会杀,不会杀。"女人收拾剩菜,男孩端盆去路边刷碗。

老板哗啦哗啦的涮毛巾,"会杀的,会杀的。"

余仕刚见八九个人提着自己的包袱,匆忙进了厅,其中一两个脸熟,知是赶场的角儿。果然两盏茶的工夫,场面上来敲锣打鼓,盖住了唱片机,三个舞女燕式退场,还是那几个武生翻了一会儿筋斗,然后,操琴弄胡,老旦出场,把个《钓金龟》唱得如夏天葡萄架下的炕桌上切成条的水萝卜般脆生,听得余仕摇头晃脑。

　　　　　　　　　　豪筵影戏

园外，六七个男人站在对面水门汀上，内有一个五十多岁的老头，抱着床被子。他几个彼此低声撺掇了半个时辰，仍是谁也不敢上门跟前去。刚才走净了的街人，吃了饭陆续回来，依旧闲站呆望，只等完八之数再次撒钱。

老头用被子拱一个汉子，"快去，你跟他好，你去说去，去，人多了不好要钱了。"

"他哪里跟我好，跟春生最好，人家春生不来。"

"去吧，去吧，你看人多了，不好说话了。"几个人都催。

"你跟我去吗？"

"你去你去，你跟他去。"一阵乱推，把老头二人推下水门汀。

巡捕喊："干什么？上去！"

"老爷，"老头赔笑凑近，"他是我们兄弟，我们找他说几句话。"

"谁，谁是你兄弟，找谁说话？"

老头指园门，"这个陈……"众人忙接道，"陈秀城，陈秀城，新郎。"

"新郎，你兄弟？"

"是，我们一起住的，兄弟。"

"一起住？算什么兄弟，上这里讨便宜来了吧？去去，上去站着。"

"不讨便宜，来送被子，您老看，这是他的被子。"

巡捕捅捅被子，又用棍指指身后八娘的楼，"你看看这房子，人家现在住这里边，这被子你打算往哪间屋里放？"

"是，可您老看，他的东西我们可不敢做主，我们送来，尽一尽情分。"

巡捕皱眉头想了想，觉得有理，转冲园门喊："您几位，哪位管事的，过来一下。"

门人在园门的保镖、下人中应声，跑过马路，几句言语，忙跑进园找管家。

片刻，跑出来，近前问共几个来人，每人手里放了一个大洋，伸手接被子。老头侧身不给，门人爽快："那就有劳各位了，被子带回去自己用也是一样的。"

"怎么也只给我一块？我不和他们一样，我和秀城兄弟可好了，他还欠我钱呢！"老头夹着被子，"找他秀城出来见我，我嚷出来，大家面子不好看。"

门人哼哼一笑，又去园内找管家，走两步，翻回，"借问一句，陈先生欠你多少钱？"

"多了，不方便说，我和他的事多了，你找他出来见我就是了。"

门人又哼然笑一声，进园。

余仕摇头晃脑听戏，见八娘、秀城悄然出来入席，才出了戏，他看秀城的眼睛在场子周围乱找，便也把眼扫一扫，瞧见管家皱眉听门子说话，而后带着门子向园门去了。两句二黄的工夫，管家回来，穿席间，奔八娘桌，忽又垂头停住，撤出来，往园门走，又停住，转身向楼后去。余仕见他想想停停，左右不是，必是有事，提杖追去，在楼侧小门外赶上，拍肩唤住，问有了什么麻烦。

"外面来了几个人，那个陈，小陈先生的朋友，说是欠他们钱。"

"欠了多少？"

"几十块吧。"

"如何不问一问新郎，果真欠不欠？"

管家不语，余仕知是有事，手杖敲地，"引我去见见。"

那几个人又见管家出来，身边有个洋人，先就怕了，门人招手请他们，有一两个钻进人群走了，独老头因刚才嘴硬，不便就走，拉同伴不动，只好自己硬着脖子，夹被子过马路。一群记者院外等了一天，一见余仕顿时围住乱问"余仕先生看会有谋杀吗？"之类，余仕没工夫回话，看着老头走到跟前。

余仕直问："怎见得陈先生欠你们钱？"

"不欠别人的，就是我一个的。"

"可有借据？"

"赌账，嫖资，要什么借据？你喊他出来见我就知道了。"

管家一旁说："还有话，你刚才还说，为什么不能过两天再来讨钱。"

老头益发张狂，"那是我猜的，我们和他一间屋里住了三两年，他是怎样，我们都知道。他这人，干脆有胆量，说动手就动手，他要动手，就是今天，他万一失手，关班房，我上哪里要钱去？我今天就要。"

余仕暗喜，正是要闹一闹，问："不给钱，你能怎样？"

"不给钱？不给，那就撕开脸，大家不痛快。"

"好，那就一文不给。巡捕，不要管他，"又指把门的保镖、下人，"还有你们几位，不要理睬，看他怎样。"说罢，拉一拉管家，手杖一下一下敲着地，回了园子。

老头愣了，"嘿！"跳脚喊，"陈秀城出来，你给我出来！

你发财了啊，老朋友都不认了，咱们一间屋住，一个桶里喝水，放屁闻味，好坏大家都有份。几天不见，你住洋楼了，不好意思见人。"老头抖开被子，披在身上，"勿要害臊，西太后也有过要饭的时候，出来吧，出来呀，出来呀，看看弟兄们来呀。一间房里睡了好几年，对啦，咱还一床被里睡过啊。"

唱戏的动静大，场子里的人，听戏的听戏，聊天的聊天，余仕直走到秀城身后，俯耳："外头有人找你。"

秀城见是余仕，忙起身，不知怎不是下人来报，"请进来吧。"

"不方便。"余仕道。

八娘问："怎么，什么事？"

"有人来找我。"

"谁呀，为什么不进来？"

秀城转对桌边照应的旗袍说："有劳你去一趟，替我请进客人来。"

余仕又道："不方便，还是陈先生出去见一见好。"

秀城愣一愣，点头，带丫鬟朝外走，余仕跟在秀城身后。

管家在园门里立着。旗袍匆匆几步，抢去前面迎客，分开保镖下人，却愣在那里。

老头已把被子顶在头上，两手转将起来，"秀城兄弟，咱俩在这被子底下的事我不说啊，秀城兄弟，你来谋财害命我也不给你说出去啊！"

保镖下人闪开一条门道，秀城并不出门道，停下，"谁呀？"

余仕几步出去，举杖挑停被子，"陈先生见你来了。"

豪筵影戏

老头扯住滑下的被子,看见秀城,迎去几步,被余仕的手杖横在身上,只得停下,隔着保镖空出的门道,嘿嘿一笑,"兄弟,你出来啦。"

"老孙哥,你来干吗?"

"兄弟大喜,我们几个给兄弟道喜来了。"

秀城脸上仍是惊异,沉了沉,"那,多谢老孙哥了,等几天我回去看大家。"说罢要走。

"哎,秀城兄弟,你的被子,我们顺便来给你送被子。"

秀城皱眉,看看街对面,"你问那边的人谁要吧。"

"那怎么好,兄弟你的东西随便给人怎么行。"

秀城看一眼门人,"替我接过来,扔在外面吧。"

门人抓过被子,对面路边找了棵树挂在杈上,早有胆大的街人拽下抱跑了。

"秀城兄弟,咱们兄弟一场,一起住了好几年,你不声不响不见了这几天,跑到这里发财来了,随便给几个钱,多少是个好处。"

秀城转看管家,管家说,"给过了,嫌少。"

"给了多少?"

"一人一块。"

"每个十块。"秀城看也不看老头,向园内去了。

余仕看看秀城的背影,赞叹把事情了结得利索,不由自语,"看他不拖泥带水,动手就是今天了。"回头看见老头已不敢再闹,被保镖扯到一边等着赏钱。余仕跟着回了场子。

下人跑出园来,又去每人手里数了九个大洋放上,一伙人收了钱怕抢,忙溜窜而去。

秀城回到席间，八娘问是谁。

"房客，一起住的，来闹事，讨赏钱。"

余仕坐回去看戏，见秀城两手在头顶，向八娘比画学老头耍被子，知道秀城没瞒八娘，显见老头说的"被子底下的事"不过是为扯秀城出园门见他，秀城当然不曾和他苟且。余仕看着秀城的背影，这厮志向忒是远大。

那个红娘已扮上了铁镜公主，和位老生正唱《坐宫》，余仕听了两句，暗中叫好，果然是个角儿。四郎跪地发誓，红娘却把铁镜的词改了，专对八娘唱道："八娘今日遂心愿，一日八餐不简单，过关斩将身累软，敢言不累你把台站。"

众客叫好，并"八娘""叫小番"的一通乱喊。八娘也不扭捏，起身拾阶上台，场面接奏，老生才又起唱。余仕忽见门人跑来，去秀城耳边说话，余仕想是那伙人又来闹，等看秀城怎样。台上老生唱到"扭回头来"，戛然打住，满台上下众人捧望八娘，余仕才知是个留腿儿①，且看八娘怎样，只见八娘胸前起伏，长长地窜出一声裂石之音"叫小番"！有韵有味，登时惊为天人。

众客早就站起，只等八娘的穿云之声落下，满园子一片扯嗓子的"好"声。余仕只顾赞叹，不曾喊好，突然想起前事，转看秀城，见门人侧弓着身子，一手摆出请姿，引一双青年绕桌穿席到秀城身后，小伙不敢靠近，几步远处停下，窘在那里，门人低声一句，秀城回身。好俊俏的姑娘，余仕眼直，东

---

① 留腿儿：京剧术语，这里指最后一句暂时不唱，铺垫后交给另一个演员唱。

豪筵影戏

府①的人物，尤三姐的身貌，秦可卿的性情。

小妹低头不看众人，只跟着门人，见了哥哥，一把拉住，不敢言语，只低头向外拉秀城。台上红娘看见，想是妹妹，又怕是香莲闯宫②，遂不言语。八娘看见，下阶，问秀城："谁呀？"

秀城显出愧色，"我家小妹。"

八娘喜欢得一把拉住，"妹妹来了，快坐快坐，真是漂亮，你那天说她在上海就该领来一起住，快坐。"说着就上手去摸脸。秀龄又羞又怕，拧过脸去，手下只更用力拉秀城。

见八娘和颜悦色，红娘便在台上向下问："八娘，这么中看的姑娘，她是哪个？"

"我家小姑。"

"噢，八娘的小姑子来了，哎呦喂，这是从天宫看见谁了又思春下凡来了，真的，好俊的仙女。"

红娘见秀城兄妹两个似在较劲，叫众人看着不像话，便仍旧说话打岔给八娘遮脸，"只可惜，你家哥哥如今攀龙附凤，想必是看不上我们这行当了，若仍是小门小户的，跟我们学艺，凭这扮相，不用二年，红透大江南北。"

定是听了收音机，厅里打牌的太太小姐都出来看，连江太和李千金也在二楼窗里向下看，众人早已惊艳一片，男宾中有人坏笑，大约在说"秀色可餐"之类，下人们也早成群躲着偷看，管家近前，不好插手，只等吩咐。

---

① 《红楼梦》中的宁国府。
② 出自京剧《秦香莲》，香莲闯宫指妻子来找负心另娶的丈夫算账。

余仕想想秀城那句"请进来"，发觉不对，等机会要问一问。

白光响动，陆舟照了陈秀龄。秀龄拉不走哥哥，反被八娘搂住肩，连自己也得留下，僵持间，她从工装怀里拽出个布袋塞给秀城。"上午寻我去拿的，替咱们上坟的人回来了，爹妈坟上的土。"秀城接了土，果然不再挣了，向八娘耳语一句，八娘点头，看了眼管家，管家凑近听了吩咐，走去从看热闹的下人堆里叫走司机。

看热闹的有说："齐老板，这女孩是你厂里的，那是你厂子的工装吧？"

"好像见过她，不大记得。"

秀城一手让八娘挽着，一手由着秀龄拽着向外走，众客眼睁睁看着乡下小妹要将新郎拉走，有人跑到身边，问八娘："怎么，是去哪里？婚事散了？"

余仕趁机靠近小伙，轻问："怎么回事，这是来做什么？"

小伙见洋人，更是无措，便指说："那是妹妹，那是哥哥。""我知是兄妹，怎么想着要来这里的？""报纸，我看见了，就……""你们不知哥哥结婚？"小伙摇头，"我看见了报纸……"余仕明白，并非兄妹早有安排，是妹妹意外知道哥哥大婚，害怕出事赶来。

司机从楼后车库开出车来停在车道，秀城装作拗不过，"好，好，上车。"先就坐进去，挪了两下让出位置，秀龄见哥哥脱出手去，想想无奈，拉一把小伙，只好跟了坐进去。

车出园门，众客发呆，秀城已从另一边跳下来，摔上车门，司机就势加速而去，秀龄拍打后窗，眼见哥哥越来越远。

秀城跑回园子，携了八娘仍回主桌去坐，手里攥着坟土，一路向众客作揖，红娘在台上翘起拇指，"新郎好义气，宁舍亲妹，不舍八娘还有这满院子的朋友。"众人鼓掌。余仕恼羞欲怒，显见秀城在布局，可是堪堪已是夜色，仍看不出他的棋路。

仆佣们钻进场子，收走茶饮果品，是晚宴的时候了，余仕索性快活，细品台上的《状元媒》，等着上菜，不再想那两伙子来人和秀城那句"请进来吧"，那伙人来闹，他当是小妹来了，他在等小妹，却是为何？

碗盏摆放的工夫，秀城去花坛找陆舟说话，只见陆舟谄笑，摇头，秀城归座。

打牌的男女陆续出来各找地方入席。八娘叫住女佣，让寻管家上楼去请下江太来。片刻，管家来说，没请动江太，秀城听见，和八娘一笑，"我去请请看。"

转眼，秀城已携江太出得厅门，秀城欲引江太去主桌，江太不肯，自去坐。秀城回主桌，八娘起身笑道："别人空出来的位子，江太当然不坐。"便携秀城去江太桌坐，恰在余仕身后。李千金不肯吃饭，只剩申英在旁。

客人们都乏了，加之戏好，便不再闹腾，只是吃饭。余仕品菜，瞧戏，目不转睛，为听后桌的动静，也为婉拒同桌搭言。

"用车子把你妹妹送回家了？"是江太在问。

"不是回家，看司机的，我让送远一点儿，不然还会跑来这里。"秀城说。

江太一笑，"小姑娘是个明白人。"

八娘也一笑，"江太也该做个明白人才是呀！"

秀城说："她不懂事，一个女孩子家，怎么能在哪里都露脸。"

"明天你去接她来吧，不要做工了，干得粗手粗脚的可惜了，叫她来帮我做事，要是不愿意，叫她帮你做事，记记每天的流水账。"

"还是早些把她嫁了好。"秀城话急，余仕不解。

"和她一起的那个？不行，小赤佬。要嫁个正经人家，等我找一找吧。"

秀城如何两次打断八娘的话，上一次是在烟室，余仕想，都是我在，都是在说车行，他本不是鲁莽拦人话头之人。

"歇一歇，该请江太上台了。"八娘说。

"我可没答应呢啊！"江太说。

申英跟着笑两声，"江太的嗓音大大的有名哪！"

"何止嗓音，这么大的身份——江太，给个面子吧！"

"是啊，江太在谁家亮嗓子，谁家不得乐翻了。"申英说。

八娘的车慢慢地开过车道，停回车库，片刻，管家带司机来回禀，八娘问："送到哪里了？"

司机回道："徐家汇向西，没有路了的地方。"

"太远了吧！"

秀城说："正好正好，到那里好，没有黄包车，又能走回住处——有劳你了。"

司机退去，秀城站起，追上管家轻声说了什么，回来坐下，八娘笑说："你和他像兄弟了。"秀城笑笑。

众宾大多散去，只剩不足一成，且已都相熟，不再四处敬

豪筵影戏

酒搭讪，只顾吃饭，不到两场戏的工夫，便撂杯搁筷，吃得差不多了。

八娘叫过旗袍来，耳语几句，旗袍跑去找红娘，商量了，叫人把钢琴抬回前台，先请上局长公子在琴凳坐定，红娘才道："列位，公子亲自操琴，列位可知，将要有请哪位大驾赏光上台来呀？"

众人乱猜，皇上、总统的一通胡说，还有说瑾太妃的，说的都是京城的人物，显见是知道是谁，及至红娘扯着水袖伸手相请，众人起立鼓掌。江太虽心气不高，但沉了沉还是站起，也伸手向八娘相请，八娘痛快站起，秀城却露为难之色，被八娘说了句"跟着我走步子就好"，只得跟着站起，二人跟在江太后面上台。红娘听了江太低声说的，忙向众客介绍："更妙，江太有安排，公子奏乐，江太发声，新人伴舞！"

琴声，八娘揽秀城起舞，众客鼓掌。秀城不识舞步，被八娘胳膊勾着，只是碎步乱走。江太声起，竟是洋文，余仕不懂，可听着悦耳，忽高忽低，悠荡飘忽，宛如清梦。江太刚吃了东西，嗓子倒一点不耽误。旁桌有人凑过来问余仕，江太唱的什么，被认作洋人，余仕早就不怒不恼，只愧笑摇头，示意"我和你一样，也是不懂"。倒是银行的宋经理言道："这是美利坚的歌，《美梦神》。"众人请他翻译，宋经理遂跟着江太的歌声，一句一句念白出来，余仕只眼看台上，没细着耳朵听，什么月光、小溪、美人鱼的，好像是给一个仙女叫起儿[1]。

---

① 叫起儿：唤醒起床。

江太声音好听，却是庙里泥人，一副死脸子①，更无做派，手眼身法步一概没有，只得看八娘二人。秀城脚下变得利索，不见舞步，但碎步如滚球一般，随意转向，八面玲珑，一不留神，撞到江太。正唱一个拖腔，江太被撞得走了个颤音儿，回头看秀城，都不做表示，唱舞不误。

一路不见黄包车，街巷人稀，秀龄和男友走回租界，秀龄身心疲累，小伙儿几次说四下无人想要背她，秀龄不肯。布店鞋店之类的正经店面已黑灯上板，只有零星酒铺、烟店开门，前面一家药房，门口人群聚集，在听收音机。原来药房兼售彩票，所以围了人，等八娘的生死。

方导和罗马从台阶两边悄溜上去，在八娘和秀城身后风摆荷叶状地配舞。一曲唱罢，八娘挽江太下台，众客涌到台前，一个个向江太赞叹。余仕看着江太唱歌、下台，被众人乱捧，一直面不改色，忽然心中"哎呀"一声，手杖顿地，笑了，"果真是妙玉，偷恋秀城也。"

余仕正叹息，忽听园门乱了，一群捕探和门人保镖推推搡搡进来，为首两个洋人，余仕认得衣服，法租界的警察，身后是一群越南巡捕。洋人见了八娘先就打遮②敬礼。旗袍和门人跑到跟前正要禀报，八娘已经和法国人一来一往吐噜嘟噜说上了，几句之后，八娘哈哈一笑，向众人说是有群人跑去法兰西人那里报案，称新郎今夜之前必要杀了八娘，洋人哄他们不走，不堪其扰，答应处理，便派来警务官员，非要带走新郎，

---

① 死脸子：京剧术语，指演员脸上表情僵滞，是京剧表演大忌。

② 打遮：旧时北京土话，认为军事敬礼的动作像以手遮阳，故俗称敬礼为打遮。

请去个饭店住一住，等过了今夜才放。众人听了，一通议论，一定是下了注在"八娘不死"上的人出的损招，想这个时候押下新郎，稳赢不输。

又说了半天，洋人还是想稳妥行事，八娘、秀城二中选一带走一个。遇上了死心眼的洋人，八娘也是为难，余仕正想这一下没他的事了，八娘稳稳活过新婚之夜，却见管家来说黄金荣打来电话，请洋人去接。余仕叹气，一定是黄金荣在话匣子里听见法兰西人为难八娘，出面搭把手解围。果然，洋人去厅里接了电话，出来向八娘敬了个礼，酒茶不受，带着越南人直向园门，匆匆而去。

众人各自归座，红娘上台去，恭维一番，说八娘在政府、军界、地面、洋人那儿都有面子。申英活络起来，不见了闷气，醉了一般的话多，因他这是亲眼得见八娘在黄金荣那里的分量，只要八娘肯帮忙，黄老板这趟线他申英算是搠瓷实了。

八娘倒是轻描淡写，只说了句"这些下注的人真会动歪脑筋"，略坐了坐，就携秀城上洞房去了。

余仕见了机会，起身去找陆舟，在楼侧车道上瞅见几个侍应生凑了一桌在灯下吃饭，细看果然陆舟在，便去敲了下他的肩膀，引他到一旁悄问刚才秀城找他说什么。陆舟攥着鸡腿，说秀城是说这样晚了报社有没有加班费给他。余仕呆了一呆，如等一碗刀削面却上来一盘白坯儿一般。"有吗？"余仕问，陆舟摇头，惭笑，"没有。"余仕从旁门进厨房去找管家，心下有些烦，秀城因何有这样嚼蜡的问话，没话找话，俗得可厌，忽而又察觉到秀城的话精妙，犹如"皑皑轻趁步，剪剪舞随腰"① 般聪明可爱，至于如何精妙，一时想不明白。

里外转了一圈不见管家，最后是在厅里碰上了，余仕直问刚才秀城拉他袖子说了什么，"他要我给他准备八个大洋用。"

"做什么用？"

"没说。"

余仕出来，下台阶去坐，那群电影公司的人又来了，挂线架灯地在忙。

电影公司的人准备停当，却不拍台上的戏，将机器对着场子后面，大灯亮了一亮试灯，不知是要拍谁。余仕被晃了眼，看不见戏了，转了转头，瞧见后面桌上的江太起身离席往厅里去了。余仕闭目品茗听戏，龙井好，可饭后，他颇想来几口浓酽的高碎②。

余仕琢磨，以秀城的棋路，他说话必有用意，不走闲棋，因何去问加班费，要备好八个银洋做什么，给加班费？余仕想着，不觉打盹，垂头睡了。

忽地被众人喊声吵醒，余仕抬头，电影公司的灯照着场后，众人纷纷站起，喜出望外地喊好，却见一位古装美人儿从场子外面边舞边唱地进来，在席间绕来绕去，舞得好看，唱得好听，红娘扮了个女丑随在身后作丫鬟状。余仕早认出是此地正红的旦角儿张兰兰。看过几次她的戏，还行，台下叫好的声振屋瓦，不过，余仕私下战数，张兰兰讨喜在扮相，虽说唱

---

① 出自《红楼梦》第五十回中宝钗、黛玉即景联诗。
② 高碎：高级茶叶的碎末。

功、身段都好，可不到扯破嗓子喊好的分上。不管怎么，这样大的角儿，肯带着妆，穿着行头直接打戏园子过来，给足了八娘面子。

余仕听词觉着生疏，着耳听了半天，不知是哪出戏。张兰兰围着桌子转悠不肯上台，余仕正不解何意，忽听八娘接唱，大灯照上洞房阳台，八娘在上头与张兰兰一唱一和，余仕听了，才知不是戏，是专为八娘编的词儿。院外街人听出是兰老板，乱哄哄喊好。

红娘作丫鬟扶张兰兰一步一步登阶，不上戏台，倒转进厅去，摄影机一直跟着，众客随了进去。张兰兰的五六个跟班留在外面，无聊地打量八娘的楼。进得厅来，红娘和张兰兰一问一答说了些"这是哪儿呀？""罗宋皇宫"一类的水词儿。余仕仰头瞧见江太在二楼扶栏俯视。

电梯门开，秀城和丫鬟躲在电梯里，让八娘一步，八娘踏步而出，与张兰兰接茬对唱。一个高腔，二人唱毕，众人正在鼓掌，一架小车推出蛋糕，如同个雪人站在车上，众人"喔啊"地一阵惊叹，小车原地转了几圈，只见蛋糕上插满了纯银小件，有龙有凤，各式各样，红娘替八娘显摆说，银饰共二十六种，一百零八个，不是富贵就是长寿，不是吉祥就是如意。待众人饱了眼福，八娘攥着秀城的手切开蛋糕，之后糕点师操刀，切了一一送给客人，每块上面一件银饰，算作礼物。余仕从八娘手里接了蛋糕，捏起银件，是个小船，取意"一帆风顺"，掂量了，将近二两重。院里撤走的咖啡桌换到了厅里四周，客人们或坐或站，余仕就近拣了张桌子。

秀城见江太在上面倚栏抽烟，便上去，赔笑几句，挽了江太下来。余仕暗诧，一个电梯工竟学得新式做派。张兰兰不知哪里换了西洋裙出来，在桌边款款坐了，八娘亲捧蛋糕送到手上，同桌坐了，一群客人围着张兰兰献媚。秀城便携江太选了远处的桌子。

客人已不多，蛋糕剩了大半，管家吩咐了句什么，有下人去拔了上面的银饰，把一块块蛋糕分给仆佣。

蛋糕爽滑，洋人也有好吃的东西，余仕有时会想一想，若是生在英吉利、美利坚，现在在干什么事情。十几岁的时候，余老爷子领他去西什库教堂，拦住洋人，让看看是哪国人，洋人挡住辫子把余仕看了一阵，说应该是英国人或是德国人，进教堂问了法兰西的神父，"遮门""昂个路""三克森"地说了一通，问了来历，神父说应该是德裔美国人，把余老爷子说烦了，问到底是德国人还是美国人，神父说是美国人。余老爷子想拉着去美利坚使馆找个牌位让他认祖归宗，余仕跳脚不干，气哼哼钻胡同跑出城，在西直门外的河汊等父母来找，待到天黑，一片破棚烂屋出来几十人围着他瞧新鲜，一看他的样貌，二看他的辫子。余仕知道这些人看着看着就会起哄，哄着哄着就得动手，他怕挨打，冲远处吼一声，趁大人小孩回头的工夫，钻出人群跑进城门回了家。不说爹娘，余仕还舍不得这里的吃和戏，真要被捆上条铁轮船送走，早上和晚上的去处都没了着落，上哪儿吃豆腐花，上哪儿泡戏园子？余仕要了双筷子吃蛋糕，扫一眼厅对面的江太，有秀城在身边江太果然一本正经地藏不住喜欢，脸照旧是绷着，皮不笑，肉笑。余仕叹息一声，江太分明端坐，他却看是在调戏，把个壶举在秀城眼

豪筵影戏

前，"你可吃得了这一海？"①

秀城离了江太桌，去八娘那里说李千金一直没进来，八娘说不用管她，秀城放下盘子，去蛋糕桌上挑了一块，找个盘子放上，配上勺叉，又挑了件银饰回来给八娘看，"这一个，李小姐应该不会不赏脸。"八娘笑了，围着的几个人都说选得妙。余仕隔桌看见，是个月老儿。

秀城端蛋糕出厅去了，丫鬟忙跟去。余仕眼睛跟他去了外面，这厮如何知道千金在外面，我怎就不知。

李千金靠边一桌，半昏半暗中，伏桌用纸牌码成几行算命，秀城过去，将盘子放下，退后半步，笑道："李小姐受累了，真让人过意不去，请李小姐一定赏脸吃一点。"李小姐懒得抬眼，没说什么。秀城又说："李小姐在这里一天了，一直不见您吃东西，这怎么好，请一定吃一点。"李千金皱着眉回了一个"嗯"。秀城说："谢谢李小姐，请您慢用。"秀城退一步，又说："我歇一歇再来看李小姐有什么吩咐，李小姐要是不赏脸吃一些，我那时跪着请李小姐赏脸。"秀城微笑，带丫鬟回厅。

李小姐心里厌烦，看也不看，指背将盘子一推，继续码牌，想了一想，将牌胡撸起来，换桌另坐去了。

厅里，红娘依旧女丑扮相，立在中央，"列位，兰兰红透上海滩，好不容易来一趟，不能就这么去了，可说是吃了东西嗓子不便，我也有主意，您几位可都知道，兰兰那可是中洋通吃，不单中国戏，还会西洋舞，这么着，我替列位鞠躬，兰

---

① 见《红楼梦》第四十一回。

兰，有请一展身段，来场西洋舞。"一片掌声，八娘等站起鼓掌。

张兰兰一笑，褪了鞋子，向一边点了点头，公子和罗马的钢琴、提琴响起，张兰兰碎步奔向厅中央。果然与刚才三个舞女不同，余仕觉着不妥，放下筷子，把身子坐得笔直，恭敬看舞。张兰兰轻如幼猴，柔若扶柳，时起时落，时张时合，连后面的侍应生也跟着拍手。原地一个圈，掌声，舞几步，回来，原地两个圈，掌声，又是舞出去回来，想是要转三个圈，"有刺客！"

众人惊看，江太正站在那里从椅子上扯裙子，一把刀将裙子钉在椅上，胆大的人忙围上去，申英早跳到跟前，余仕近前看清楚，是一把餐刀，想了想，刀插在秀城坐过的一侧，江太一直坐在桌后，桌布遮挡，因此上不曾看见是谁插的刀，是秀城，还是江太自己？

"管家，管家！"申英在旁边突然的一喊，吓余仕一跳。早有人飞报管家厅里出事了，管家正跑来。申英喊："快叫人搜刺客，里里外外搜！"看他的脸，声嘶力竭，余仕知他看出江太做戏。围着的众客也知内情，都忙附和，"对对，快抓刺客。"独白杖老头不明就里，在那里哑嗓嚷嚷："快报官，报官，叫巡捕来！"

余仕一直偷看秀城，看不出名堂，秀城没见过这样阵仗，跟在八娘身边，看刀和裙子，不知该怎样，只来回看别人张罗。

八娘嘴角冷笑，忙收住，"没伤着就好。"拿起桌上餐叉，轻轻横敲两下那刀，便用手攥着拔起刀来。江太拽回裙子，掸

豪筵影戏

了掸,"可恨的东西。"

余仕想想她在说谁,才想起向张兰兰那里看一眼。江太的喊声把张兰兰惊得摔坐地上,已被跟班们跑进来扶起,向江太这边看了看,明白了,沉脸扫兴地领人出去。

八娘说:"衣裳毁了要不要去换一件?"

"对对,八娘给找一件衣服换一换。"

"江太哪么穿别人衣服。"申英说。

江太哼一声,"去叫我的司机来。"有人闻声飞奔去找司机。

众人装得正正经经地议论,"刺客躲在哪里呢?""会不会是楼上。""大概是。""从那边飞刀下来的。"

跟班进来向管家说了什么,管家去向八娘耳语,八娘忙出厅去,张兰兰在阶前等着要走,八娘忙赔礼,张兰兰低头生气,又羞又愧,只淡淡说句告辞的话,八娘直送出园门,上车走了才回来。

众客还嘘寒问暖般围着江太。两个女佣听了秀城吩咐,跑去楼上哪间房里找来座炕屏,正从电梯搬出来,抬到跟前,摆在江太身边,替她挡裙上的洞。江太看着不像话,也不和众人告明,站起来上楼去了。

众人正尴尬间,外面锣响,知是该回席上了。余仕随众客向外走,回头看见八娘悄和红娘、旗袍说话。众人落座,台上还虚着,场面只好一遍一遍敲锣。一群侍应生悄声从车道去园门,想是完了今日的聘用下班走了,其中还见两个印度老妪,应是按摩婆。余仕正要去坐,被旗袍赶上,"有请五条先生。"余仕问:"何事?"旗袍只说一声"八娘",余仕跟他回厅里,转进餐厅，旗袍站住，留在门外。八娘和秀城立等，八娘笑道："下次我不下来了，预先知会余先生一声，免得余先生担心。"余仕心生警惕，"八娘的意思是第七次后不下来？八娘何事不下来？"八娘咯咯笑道："还请余先生不要告诉旁人。不瞒余先生，押我活的太多了，我投了不少钱，这样下去要赔死了，婚礼风平浪静的，我想做一点样子，扳一扳局面。"八娘是要装一装死，余仕只恐弄假成真，问道："请问八娘，这事是早定下的不是，还是有谁说了什么，八娘才想出不下来的？"

"是早定下的，黄老板坐庄，我怎么也不能让他赔掉，所以防备了几手。另外，我不知黄老板向杜先生通了气没有，杜先生好赌，怕是已经下了注，请余先生打电话向杜先生说一句，免得坑了杜先生就太不好意思了。"

"既是八娘设了必赢的局，且容我也沾一沾光，只是……"余仕故作尴尬，看一眼新郎，秀城明白其意，忙说一句"我先去陪陪客人"，出来餐厅。

"余先生手头紧？"八娘作势关心。

余仕等了秀城出去，"八娘，容晚生问一句，那报纸上的预告，可是八娘所发？"

八娘笑道："不是，余先生误会了，我和黄老板这是见机行事，看见报上登的那个闹出这么大动静，就想借机设个赌局。"

余仕点点头，想了想，又说："在下怕八娘这次上去后真有闪失，八娘的铃铛传信，可有连拉七下？"见八娘不解，又道，"八娘这次待新郎下来后，连拉七下铃响，我到时便知八娘安然无事。"八娘点头，余仕跟上一句，"八娘，此事不可告人。"

八娘点头。

余仕入席，八娘携秀城出来，红娘掀帐子进到台前，旗袍小心跑到余仕椅后，躬身附耳："五条先生，又有打扰，不得了了，八娘要换戏文次序，要魔术的还要歇一歇才来，要请您救场。"不及说完，台上，红娘已然相邀。

"今儿个这台上该有的都有了，连江太都赏脸唱了个洋曲，不过呀，各位今儿还没听见套口兽①呢，这可不是洋货，西洋人叫套口兽，就是咱们的单口儿。爱听相声的您得帮忙有请五条先生了，余先生的套口儿有功底，不轻易在人前露，他今儿个能不能上台，就看各位您的面子了。"不待红娘说完，众客站起叫好鼓掌。

余仕心头不满，也不同我商量，直接提溜人。但见这阵势，不便推辞，拎杖上台，路过主桌站下，提帽向八娘二人躬躬身，当是预先道歉，说笑中定有冒犯。抬步上阶，忽地心下一动，变了主意，立到台上，开口却改了说书。

却说这一日，陈也俊生日设宴，派人来请，薛蟠有心不去，一来贾府坏了事，他减了威风，二来家里夏金桂三日一吵，五日一闹，他早扫了兴头，怎奈陈府二次来请，薛蟠才骑马由小厮随着去了，薛姨妈嘱咐再三不许吃醉，薛蟠答应着，把昨日好说歹说叫宝钗摘下来的项圈揣在怀里，薛姨妈怕吃酒丢了，薛蟠说今天必要炸了给妹妹。

---

① 套口兽：talk show（脱口秀）。

只当坐一坐就回，不想下午先见马回来了，众人疑惑，街前街后找了几回，未见主仆二人，见马不见人不是好兆，慌忙报了进去，夏金桂并不在意，只当薛蟠醉酒坠马，在哪里撒酒疯，醒后必回。天将黑才见小厮禾土跑来说大爷不见了，正巧宝钗回来望候，心下一惊，忙问究竟，禾土说："大爷吃酒看戏，半途站起来出去，悄叫我牵出马来。我想是回府，不想大爷一直向北出城去了，到了城门，不许我跟着了，我心说不好，柳爷让大爷吃亏就是这样，不敢放大爷自个出城，大爷又是挥鞭子又是瞪眼。陈府的席上，大爷和金相公聊得欢，我想这次是约了金相公，金相公是妥当人，不是柳爷那样的性子，便想咱家大爷出城找金相公倒没什么，我就在城门等了，谁知爷去了一个多时辰。我豁出去挨打，出城去找，找到这会子也没见。"薛姨妈听了先就腿软了，夏金桂那里骂小厮，幸得宝钗在，着人去金家问，并命家里几个男丁统统出去找人，又回身叫了麝月进去报与贾琏，打发闲着的人帮着找人。去金家的人回来复命，金荣也忙跑来，说并不曾约薛蟠出城，然后便跟着四下去找。

众人出城，沿路喊，天黑打上了火把，闹闹哄哄半宿，过了子时才在河汊里看见块红布，拉上来，果然是薛蟠，早死实实的了，官府来人验尸，竟是一刀扎在后背死的。薛贾两府自然是大动哀声，虽是落败，兼又走了宝玉，宝钗到底凭着聪明，完满办了哥哥的丧事。走了女婿，死了儿子，眼见薛家无后，只剩母女儿媳三个女人，薛姨妈竟一病不起。

谁想这一日喜从天降，一个女子带着三两个仆人上门，指着肚里的孩子说是薛蟠的骨肉。宝钗忙赶了来，母女三人细细

豪筵影戏

问了几遍，原来女子名叫翠红，去年八月便和薛蟠在城南庙里赁了房子住着，薛蟠隔七差八偷着离家来住上一晚。夏金桂逼问，女子说了几个日子，倒是对景，薛蟠正不在家。女子说两人还曾换过表物，拿出薛蟠的玉佩，说薛蟠拿她的是个金丝香囊，众人说不知大爷有此物，只薛姨妈影影绰绰记得有回薛蟠回家进门扔在床上一件东西，似是个布袋之类。

宝钗忽问："每回去你那里可有人跟着？"女子说是禾土，夏金桂忙命喊进禾土来，见靠墙椅上坐着大着肚子的翠红，先就跪了，朝夏金桂一阵磕头道："小的该死，背着奶奶替爷办的好事。"便把薛蟠外头找人的事怎么长怎么短一一说了。原来薛蟠家中烦闷，禾土听出有心干那当年琏二爷偷娶之事，便说他西山里老家同村有户人家绝了人口，只剩个十七八岁的女子，老大不小守着几座山几间房一时还没有人家，长得几分姿色，只是小门小户不知大爷可看得上，薛蟠自衬如今比不得过去，早已喜之不禁道："正是小门小户的才好。"禾土便跑去老家向翠红说和，女子见有靠山哪肯不依。禾土回来，薛蟠给了银子，在城南庙里赁了几间房，雇来三两个男女下人，接了翠红住下，薛蟠忙忙地赶去，兴兴地住了几日。自此便十天半月去上一趟，有住下盘桓几日的，也有不住，赶着城门没关回府的。如此，三四个月，忽然扑了个空，翠红人去屋空，主仆两个只当她是回家去了，禾土又自个去了几趟，还是不见回来。有日过节，薛蟠打发禾土回家看看，哪想到还是不见翠红，好生奇怪，赶来回了薛蟠，薛蟠倒也不甚在意。

禾土跪道："小的只知道这些，自那再没见过红姐姐，更不知有喜之事。"众人听了惊怪一阵，薛姨妈便问翠红，翠红回说是发觉肚子里怀上后，早日有一句没一句的闲聊，听薛蟠说了尤二姐的事，又知奶奶是这样的脾气，便怕落个那样的下场，也不告诉一声便跑了，只带父女两个下人，在城里偏僻地方用薛蟠平日里给的银子另赁了个小院，只等快生了再着人来请薛蟠，谁知前日命老仆来了，没到门上便听街人说大爷没了，翠红哭自己命苦，想了一想肚子里的孩子，便强撑着上门来了。

到底是没了男人，夏金桂早矮了三分，也不哭闹叫骂，只拿眼看薛姨妈。宝钗命禾土退下，又叫丫鬟送翠红到后面歇息，回头来与娘和嫂子商议。说来说去还是疑信参半，薛姨妈便道："且留她住下，等生了，看那孩子再定是与不是，这点子眼力还是有的。"果然便把宝钗的房子收拾了叫翠红住下，暗地里宝钗打发茗烟去禾土的原籍打听，果然对景，年貌都对，确有翠红其人。转眼不到两月，生下个儿子，薛姨妈见了喜欢得无可不可，拍手道："和你哥哥小时一模一样。"宝钗听了自是高兴，抱进去给王夫人看，王夫人思念宝玉病卧在床，日日以泪洗面，今日才见一些颜色。两府的人都来道喜，热闹了几日。偏有个道士路过，讨了水喝，算了时辰，留下个名字，凤元①。薛姨妈听说忙命请进来设斋款待，追出去找，哪里还见人影。

却说，宝钗因前日探春打发人捎回的茶叶，众人尝了，不比寻常，便想着今日祭奠。麝月悄开了大观园，到水边摆上香

---

① 凤元：薛蟠为争香菱打死的冯渊，凤元是其名字的谐音。

豪筵影戏

案，一支香，一壶茶。自从那年大观园走了水①，烧得七零八落，再无力修整，只剩这池子依稀当年景象。麝月带了小丫头躲往沁芳亭那边逛去了。宝钗将杯斟满，微施一礼，坐下望水发呆。宝玉未走之时，不拘日子，得了新鲜东西，或茶或果，甚或扫拢的一地落花、梦中得的好句，便要找个地方，念念有词，奉与贾母、黛玉。宝玉走后，宝钗独自闷了，便来同黛玉说话，悄声低语，一口一个"颦儿"，听得满园花草颤泪，残垣炭柱萧立。

宝钗刚口出一句"天人路隔远"，顿觉悠悠荡荡，如在舟中，似卧云上，停了停，待颦儿续上，才又是一句，"不知卿何处。仰天悲怅问。"

身后轻风一般，传来一句，"你我皆同路。"宝钗听了，知是梦里，也不回身，道："颦儿，去了哪里，这一向可好？"黛玉道："去处就是来处，姐姐忘了那恍惚真如之地么？你我皆恍惚而来，恍惚而去。"宝钗只低头，闭目道："妹妹不必多言，我知我在梦里。"黛玉道："姐姐只知睡在梦里，岂知醒也在梦里，合眼是恍惚，一时睁眼去了，也是恍惚。"宝钗道："既如此，还有什么牵挂呢？"黛玉道："姐姐说的是，恨我当初，哀天怨地，处处与姐姐比短长，如今，姐姐和我越发一样了。"宝钗忙问："哪里一样？"黛玉道："姐姐才失了哥哥，我也早失了弟弟。"宝钗觉出话中有意，因说道："弟弟的死可和哥哥一样？"黛玉叹道："哥哥和弟弟不一样，妈却要和先母一样了。"宝钗忙问："是妈有病还是谁要害妈？"黛

---

① 走了水：着火的委婉语。

玉道："姐姐本来唯有这些人带的东西上留心，怎么这一回丢了项圈，反倒不去找了，想必姐姐是想这劳什子也没留住他，要它何用。姐姐好生找回来，到底是件宝贝。"

宝钗慌急要问，水上一声鹤鸣，不防猛地睁了眼，"哎呀"一声如高楼失脚，急忙坐稳，水草青青，游鱼婉转，梦中之事忘了对半。

那一日宝钗心神不定，晚上回那边，抱了抱侄儿，陪母亲略坐了坐就又回到这边，思前想后地睡下。半夜忽地惊坐而起，有心立时回去，又怕惊吓了母亲，只得挨到天亮，算计着妈已起了，便带着丫鬟婆子过来，先向母亲问了安，便召齐厨房的人，命带上家什搬进贾府，只说这边忌灶火，饭菜茶水一律那边供应。薛姨妈看宝钗脸色不对，明白了七八分，不问缘由，任由宝钗处置。宝钗叫同福、同喜一起翻腾，先揭起床褥看，又把榻椅一一翻检了，不见有异。悄把同福、同喜拉到无人处，嘱咐二人，以后不拘怎样，新姨娘到太太房里来过，立时翻找一遍，同喜问找什么，同福悄拉她衣角道："蠢丫头，就是那年折腾宝二爷和琏二奶奶的东西。"

回到这边，宝钗打发丫头前头先跑去问琏二奶奶安，平儿知是有事，早迎了出来，和宝钗两个见过了，请进房中说话，宝钗低声说了，平儿听了虽不全信，已是一身冷汗，命人去把管厨房的找来吩咐说，姨妈的人烧水做饭用什么给什么，不许推三阻四。转回头又和宝二奶奶计议，这样防着终不是长久之计，终是不如把他二人送官治罪妥当，宝钗点头，心下暗暗筹划。

宝钗上王夫人房里问了安，伺候了午饭，出来，传话备

　　　　　　　　　　　豪筵影戏

车，不许其他人跟着，只传了茗烟、李贵。回房换了衣服，叫文杏带上香炉等物，麝月等忙着伺候妥当，送出二门。

车驾先去了陈府，并不叫访，李贵依命在门前牵马转回，一路向城北去，宝钗向车外细看，将出北门，看到自家的银匠铺，忙命停车，茗烟凑到近前，宝钗隔窗命他进去唤出管事来。文杏下车，立到车前等着传话。原来这是当年开的当铺收的金银物件日多，或化成元宝，或另打首饰，遂自家开了银匠铺。管事的跑来，向车打了千，站着听吩咐。宝钗问："大爷出事那日，可到过铺子里？"文杏大声问了，管事摇头，说大爷那日没来过。宝钗又问："也没着人送个项圈来吗？"管事回道："小的没见，奶奶容小的进去问问别个有没有人接着了。"忙跑回去，不一时跑出来，回说："没人见送项圈来。"宝钗道声辛苦，管事躬身直望着车出了北门方回铺子。

出城过桥，直走了一里多地也不见宝二奶奶吩咐打马回头，茗烟和李贵两个望望，眼见人烟稀少，遇上歹人不是玩的，二人只得一前一后紧紧护着车马。忽听宝二奶奶喊住了车，茗烟跑到窗跟前，听奶奶的示下，垂头半响，宝钗在车里却不言语，只瞧着路边一个院门出神。院子破落，门口立块牌子，是户银铁匠。宝钗有心要人去问，想了一想，变了主意，向窗外问："大爷捞上来的那条河在哪里？"茗烟道："回奶奶的话，河是不远，只是捞上大爷的地方在下游好几里了。"宝钗命他去河边。

果然走不上半里到了河边，宝钗沉了沉，知这里必是哥哥遇害的地方，不由滚下泪来，便要下车，文杏忙下去叫李贵、茗烟看着人，自己扶下宝钗来。宝钗选了个干净地方叫文杏摆置香炉，忙乎一阵，宝钗焚香，拜了几拜，插在香炉上，把眼望着河水，心中默念几句，又在岸边走了两回，有心找一找薛蟠的踪迹，哪里还有。回来便命收了香炉回府，文杏且不收，跪下拜了，李贵、茗烟也忙过来拜过，正在收拾，听道："借用。"回头看去，不知何时，一匹骏马已到跟前，一名年轻道士，背上斜插宝剑。茗烟觉得不吉利，"不方便吧。"道士说："你我祭奠同一人，方便。"说着，不等让，已先拜了，起身。茗烟这才"哎呀"一声认将出来，却不敢说话。李贵正牵马，回头也认了出来，到底年纪大，想想这人与宝二奶奶也不是外人，便张手招呼茗烟来握缰绳，自己大着胆子上前，打千请安："柳爷，您老人家可好？"

柳湘莲只点了点头，拿眼望着河水。李贵忙向文杏说了，文杏忙在窗前悄声向宝钗说了。宝钗也是一惊，暗想莫非天意送来此人，终是比贾琏、贾蓉强百倍，若得他相助禾土想是逃不脱了。想着，便在车内向柳湘莲施礼，窗外文杏瞧见，向李贵说了，李贵高声道："柳爷，我家宝二奶奶有礼了，多谢柳爷亲来祭祀。"柳湘莲向车微躬还礼道："兄弟一场，理应如此，只恨杀兄的凶手不知所踪，不能为义兄报仇，虽说义兄当有此劫，以销旧账，但那凶手应将归案。"宝钗忙道："凶手倒不难找，只是不得口供。"柳湘莲说："凶手在哪里？贤娣快些与柳某指明。"宝钗便把原委说了一遍，柳二郎在车帘外细细地听了，接道："既是如此，叫了他来，柳某自会盘问，看他应对得如何。"宝钗主意已定，素闻柳湘莲文武皆通，无所不会，想必谈锋机变上也是好的，不如交给他，若果交给贾琏等人恐难有结果。便在车内说道："听凭柳二哥安排。"

豪筵影戏

柳湘莲便命拨马回头，驾车进城，李贵、茗烟听见宝二奶奶说听凭安排，自是拿二郎当主子待，叫怎样便怎样。柳湘莲骑马护后，进了城门，吩咐茗烟跑去找禾土，只说大爷的亲戚来了，别的不许多说。茗烟应声挽起前襟一溜烟去了。

一路上柳湘莲已把两个铺子都打量了，转眼已近贾府，只见茗烟领着禾土迎面跑来。禾土见是柳湘莲忙到马前打千请安，站起来后，又向车内宝钗请了安，并不多言，只拿眼向柳湘莲望着等吩咐。

柳湘莲问："那日你随大爷离了陈府，是如何走的？"禾土怔了一怔，忙指城北说："小的伺候大爷骑马一路向北门去了。"柳湘莲便叫带路，并说那日是怎样今天就怎样，将那日情景一毫不差走一趟。禾土情知不妙，但细一想那日并无纰漏，走一趟又能如何，便在前面领路。

柳湘莲一路骑马执剑，薛宝钗依旧坐在车里，由李贵牵马走在后面。一路上柳二郎不住问："接着怎样了？"禾土道："回二爷，还是走，没怎样。"柳二郎又问："大爷走在这里说什么了？"禾土道："回二爷，大爷没说什么。"眼见城门不远，柳湘莲正走间，忽勒马站住，道："后面怎样了？"禾土指着北门说："走到城那里，大爷要我等。"柳二郎登时冷脸道："你听仔细了，我且问你，走到这里，大爷怎样了？"禾土抬手仍指北门，柳二郎喝道："不对！"

禾土心里着忙，外头却并不见慌，只垂手候着二爷吩咐。柳湘莲把手里的剑一指道旁的铺子，问道："你看一看，这是哪里？"禾土道："回二爷，这是我家的铺子。"柳二郎又问："做什么的铺子。"禾土回说："金银铁匠。"柳湘莲道："你可知大爷那天出来带上了宝二奶奶的项圈?"禾土回说不知。柳湘莲追问:"你可知大爷被害那天,次日便是宝二爷的生日?"禾土又摇头。柳湘莲道:"大爷那天带出项圈来就为炸一炸新,许了妹妹当日必还,宝二爷虽走了,生日还是要过,宝二奶奶如何肯在宝二爷生日那天不戴项圈?大爷平日里糊涂,要紧的事上知道轻重,怎么过这铺子想不起怀揣的项圈来?"禾土站在原地,不好回话。

柳湘莲叹道:"那日之事奇在项圈,乃性命之物不是随便丢的,怎就不见了。你意在薛府家大业大,不会为个项圈坏大事,非不得已一定要送回府的。只是,前前后后全凭你说,真真假假不得分辨,今日只消将那日的事走几趟,直走得项圈不见了就真了。大爷那日这里并没进去,必是把项圈交你送进去。大爷必不放心,留下贴己的人守着才对,那日大爷必是命你送进项圈去,且要你一旁守着才罢。你说,是也不是?"禾土垂头,道:"大爷出城了,并没说项圈的事。"柳二郎冷笑一声,手中的剑拍拍马,走了一箭之地忽又站住,向禾土说:"你必是在这里赶上了大爷。那日铺子里没接着项圈,你必定是假意送进去,没进铺子便来追大爷。你是明地里跟着大爷还是暗地里跟的呢?若是一声不响,悄跟大爷出城去,做了事回来这里炸了就是,项圈还在。因此上你必是明地里跟的大爷。你在这里赶上大爷,说句谎混过去,不知你说的什么?"禾土垂头不语。柳湘莲说:"你无非说'要紧的工匠病了不在'之类,为跟大爷出城去。你既想出城,那就走一趟吧。"说罢,拍马直穿城门而去。

出城过桥,柳二郎冷着脸,一路踏马向前,禾土小心伺候，已有了七分怯意，心想他如何想起项圈来。又将路过那家铺院，宝钗命文杏悄向窗外叫停了车，只望着柳湘莲带禾土往河边去了。及至河边，二郎驻马，眼望河水道："你在这里害了大爷，掀下河里。"禾土跪下道："小的实实的不敢。"柳湘莲道："你为让人不知远近，把大爷弄到水里漂走才罢。你打跑了马，脱了鞋袜，下水把大爷拖下去，眼见顺水走了。只是，这样走一趟项圈还在，你回城里炸了就是。是在哪里出了岔子呢？"说罢拨马回头，禾土忙站起，掸土跟上，远远瞧见宝二奶奶的车停在那家铺子外面，心中"哎呀"一声，心想莫非姑娘已知情了，这会子过去对出来，我哪里还有命来，不如现在跑了吧。转眼看看柳二郎人高马快，哪里跑得过他，只得跟过去，等看怎样。

来到院门跟前，柳湘莲将禾土喝到马前，道："没了项圈，再没别处，必是这里出了岔子，你的底细就在这院门里头。你看那板上的字，可认得？"禾土小声念了："德胜桥外金银铁匠铺。"二郎笑道："这事妙在城里城外两个铺子，也是你命当绝。你既认得，大爷更是认得。那日打这里路过，大爷见了这个铺子，正在着急不得炸新，如何肯放过去，大爷在这里下马，亲去看了，知是手艺、家什都不差，就将项圈留下，命你仔细守着，自己去了。"禾土一身冷汗，心想他如何知道那日情景，如亲见了一般。柳二郎又道："大爷走了，你借口出来方便，跑了出来悄跟着大爷，在河边赶上了，下手之后回来，这家铺子的主人已然翻脸。你道是为何？只因这家里有人见你不对，悄跟着你，眼见你杀了大爷，跑回来商量，猜着你心虚，不如吞了项圈，量你也不敢怎样。"说罢便命茗烟去院里叫出人来，文杏忙掀帘下车，喊住茗烟，并请柳二爷近前，宝二奶奶有话商量。柳湘莲下马过去，听宝钗在车内低低的几句，想想有理，便依了，回身喝命李贵两个将禾土绑上，李贵忙就动手，哪里去找绳子来，茗烟举过马鞭，解下鞭子好歹将禾土捆了几圈，一脚踢倒，跪在那里。

禾土此时不像先那样怕了，先听见二郎头头是道，以为二郎出家得道有了神通，后又见二郎说的不像，便知二郎不是法眼所见，通是猜的。壮起胆子，等带出院里的人来，看二郎怎样对质。

这边柳湘莲进了院门，院落冷清，冰凉一口大灶不曾见火，几步到了屋门前，喊问可有人在。屋里歇响的一个汉子忙跳下床迎出来。柳湘莲不多言语，将汉子引到灶间向窗外看，汉子看见禾土跪在道边，怔了一怔，二郎道："你可记得此人？"汉子回说不认得，二郎说："你看仔细了，那日他家主人送你这里一只金项圈要炸一炸新，跟着他便跟出去将主人害了。如今他说你私吞了项圈，私吞项圈尚且可恕，你见他杀主知情不举，其罪非小。"汉子慌道："没有，没有，我并不知他杀人之事，也不曾私吞宝贝，只是那日我家徒儿坏事，毁了项圈，如今我怕人来拆铺子才对道长说谎，这人我实是认得的，可知情不举却是没有，我并不知他杀人之事。"柳湘莲叫他从头至尾细说一遍。原来那日薛蟠确曾来过，留下项圈叫炸，铺里师徒忙隆火烧炭，薛蟠刚走，禾土便说解手，出去一趟。汉子这里正拉风箱，一个没瞅见，徒弟已把项圈架在火上，手底下又不利索，火未曾烧匀，当时便炸崩了。师父正揍徒弟，禾土回来，听说炸崩了，惊得呆了半日，末后才连连踩

豪筵影戏

脚说这是他家的宝物，老爷生养一群儿女，只剩了一个女儿，全靠这宝物保佑才活到今日，若是知道宝物毁了，想必是要拆了铺子将人下到狱里。师徒们忙说制个模子重新打出来，禾土说宝贝不能在外过夜，当时就得送回府。满铺子的人不知怎样是好，禾土说我家姑娘最是怜贫惜苦，我回去替你说一说，让我家姑娘暂收了项圈，只说炸好了，改日再拿出来找补一下。师徒千恩万谢，禾土叮嘱再不要和第二个人提起，才带了项圈去了。柳湘莲心里叹道："想不到我家哥哥那样粗人如何有这般灵心慧质的妹妹，幸亏她一句，果然虑的极是，谁想得到这里，竟是为炸崩了。"柳二郎回头问汉子："你说的可是实情?"汉子忙说："句句实话，不敢撒谎。"二郎又道："这厮骗你呢，并没老爷要拆你家铺子，你放心，烧坏了项圈，我保你无事，只是，这厮害人性命，人命关天，你需去见官做个干证。"汉子虽怕，只得应了。

二郎带了汉子出来，禾土跪着看见汉子，猛地喊说："我没杀主子，这家人也没私吞项圈，我没来过这里，他们并没见过我!"二郎冷笑，走近跟前便是一脚，将禾土踢翻，骂道："自道是做得天衣无缝，现已有了人证，懒得与你理论，把你送官，叫你死个明白。"到车前说了原是炸崩了项圈，并不曾私吞强占，项圈下落只好到衙门打板子问他了。说着，一行人押着禾土向城门而来。

进了城门，还是茗烟跑去回府叫人，贾琏亲跑了来，在马上听明白了事由，指着街边找了个先生几笔写了状纸，套上车把禾土按在上面，带上得力家丁送到城南过堂。正忙乎，茗烟凑到跟前问李贵，柳二爷哪里去了，李贵才恍然，不知何时不见了柳湘莲。

这边柳湘莲早已城外去了七八里，河边柳树下一名和尚坐在马上，二人见了一笑，并马而行。柳湘莲道："那几年见了贵府传出来的诗，已知非凡间女子，看今日这事果然仙品人物。你好不晓事，我出家是为三姐已死，你出家算个什么？"和尚听了一笑，仰天叹息一声，也不多言，二人隐入林中。

却说禾土过堂，初还要强，一顿板子皮开肉绽，又见把翠红押了来，扔在地上软成一堆，不等问便求饶命，也就招了。原来这禾土伺候见薛蟠整日蔫头耷脑不住声地叹气，便想尽法子讨他高兴，奈何薛蟠都已见惯玩熟，扛来金山也懒怠抬眼，禾土便撺掇到另置偏房的事上，薛蟠有一搭无一搭地叫他打听着，找一找可意的女子。哪里去找，小门小户的不懂风月，烟花柳巷的又见多了，想想无奈，禾土便借故回家偷找翠红商量，计议停当，禾土便到薛蟠那里说寻得一个乡绅女子，家产巨万却早绝了人口，只剩她一个，听了算命的说唯有出家才得活命，便削发入庵，只是从小娇生惯养如何守得住寂寞，终是熬不住跑了出来，回乡脸上不好看，便往城里来，找了座庙赁了房子住着，早没了奢念，不求明媒正娶，只求有座靠山，有钱有势的便可。薛蟠听说，提了几分兴头，由着禾土牵马一路到了，装作上香碰倒了小姐的香烛，连忙赔礼算是有了来言去语，禾土假意两边传话一通乱跑，把薛蟠送进小姐的闺房。薛蟠斗大的字认得铺不满一床，哪里辨得出翠红是大家小户，只管离了家清净快活。替薛蟠办成了好事禾土自是得意，正想翠红若是生个一男半女，他禾土也是奇功一件，又想不好，纵是靠了生养接进府去，也不过给个小院偏房住着，能有多少好处，且那薛蟠如何老实得下来，这样的日后再偷置几房，生出一群，那时谁还拿翠红母子当人，须是绝后之家见了才如得了活龙一般，那家业方早晚落在翠红母子手里。这样想了，便试一试翠红的口气，翠红一心只想有了靠山，哪里有杀人之心，禾土便不露口风，等了一等，果真怀上了，禾土寻个机会悄悄把事做了。那日禾土骗出薛蟠，只说是翠红来了，已在城外龙王庙住下，薛蟠哪里多想，出城便丢了性命。原本刺死弃尸道旁也就便了，只因他想铺子里的人已见过薛蟠，听见死了人跑来瞧热闹一定认出来，只好脱了鞋袜下河把尸体拖进水里看着漂远才罢，不成想便误了时候，回去想要项圈已是迟了。做了事，禾土才向翠红去说，翠红听把薛蟠杀了，吓得半死，又伤心没了男人，捂着肚子哭了半日，哭罢只得应了禾土，要怎样就怎样，后来进府认亲也是禾土定下的。前日禾土搬花盆进了里面，找空子和翠红说上话，掷下一包药要瞅机会倒在薛姨妈的壶里。翠红知道这是先除去老的，等个一两年再弄死夏金桂，剩下她们娘两个占了家业就全听禾土摆布了。翠红思来想去，到底胆子小，天刚亮就撒在院角用鞋底来回蹭进土里。不大工夫见宝钗带人来撒灶，想是走漏了风声，后怕了一天，下午便被送进衙门。

老爷退堂，贾琏出来，忽想起项圈，忙跑进去请大人问个清楚，一会子传出话来，禾土招说埋了，原来那日禾土拿了项圈，左思右想无法处置，便拐进一个苇子坑，以手刨泥挖出个坑埋上，过了几日想想到底不妥，日后被人挖到定是一场风波，便又去刨出来，想了一个极妥当的地方，趁着天晚到了那里，从墙下走水处钻进去，刚走不远，脚下脆响，满地的星星不知何物，禾土想正好埋在这里，掀起一块地砖放下项圈盖住。禾土算计这里并不有人来，看家境贾府这几年也不得动土，放在这里等一年半载再拿出去找个铺子化了，落下块金子事小，毁去一件赃证事大。

　　贾琏回来先拐去望候薛姨妈。宝钗这里抱着侄儿哄逗，才刚已向妈说了实情，把个薛姨妈听得又惊又恨，身上乱抖，恨不得找来禾土一脚踩死。宝钗叫一声"凤元"，忽地想起柳湘莲说的，似懂非懂，"当有此劫，以销旧账"，不知何意。因宝钗自小安分守拙，不大管外面的事，当年香菱进来的时候，影影绰绰听说为她出了人命，哪里知道死的是谁。正想着，人传"琏二爷来了"，请安问候，贾琏向薛姨妈回复禾土、翠红已招了，当初二人怎样算计，禾土怎样动手都交代明白，并告诉了项圈的去向。宝钗忽对薛姨妈说："翠红既没有害我哥哥的心，倒是把她赎回家来的好，一来凤元不能猛地没了娘，二来他以后大了迟早知道，误会是咱们害了他娘。"薛姨妈正恨，看看孙子又不忍，少不得吞下这口气，拿出银子交贾琏送去，老爷见有钱，又敬重贾薛二府的余威，果然连夜将翠红领回来。

　　宝钗带人提灯进了大观园，一听说"满地星星"便知是哪里了，碎砖烂瓦不便下脚，好容易到了怡红院，脚下应是正房了，朝那里看去，果然一片闪烁，便命茗烟等过去，满地朽泥碎物，那架镜子早成齑粉。茗烟几个清开碎物，将地砖一个个掀开，一通乱找，果然有了。都知是宝钗贴身之物，不便细看，沾泥带土的送了过来，宝钗看看并不见折圆断环，好好的看不到哪里崩了。

　　　　　　　　　　　　　　　　豪筵影戏

回去洗了，秉烛细看，才见是璎珞正面崩了一块，宝钗心下一动，竟崩去了一个"不"字，剩下只有：离不弃。

宝钗暗叫一声宝玉，把项圈握在手里直哭了一夜。天明洗漱了，倒笑出来，自嗔道："怎么越发像颦儿了。"

正是：执迷不悟毁终身，禾土乃成一亡魂。

将一篇故事拆零就简讲完，余仕提提帽子直奔边幕出去，众客早听累了，一片掌声，拍得勉强。众人以为是个单口，半天不见一个笑料，不知余仕怎讲这么个东西。余仕出来，迎面几个青春女子穿着白围裙排队上台。

余仕讲在半途已见八娘和秀城离席上楼，因此讲完故事余仕便不归座，直奔厅里，到棋桌拿了红帅，去敲开小童的门，递在手里，"你听到八娘连拉七下铃铛，到外面把这个给我。"

余仕出来找陆舟，因他在台上看见秀城又曾和陆舟说话。满园人影幢幢里不见陆舟，余仕回去坐了。台上是十来个女青年的合唱。旗袍陪李千金和申英坐着，见余仕在邻桌坐下，忙侧身过来"五条先生的评书精彩。"余仕问他可见到陆舟，旗袍向楼后指，说他给厨师们拍照去了。

过来二位客人，拍拍旗袍肩膀，"太晚了，我们先回去，你替我们向八娘告辞吧。"

"救命，马老板徐老板，关键时候八娘这里怎么少得了二位老板呢？"

"不是已经八次了吗，我们刚才算过了，这次是第九次了。"

"哪里呀，二位，这是第七次，您二位看看那床单，数一数剑，一定是七支。您两位老板一定不可以走的。"

申英借机道："好容易熬到这时候了，您二位干吗走嗳？再坐一会儿送八娘一个整人情。"说着站起扶二位肩膀坐下。

二人道："我们小角色算什么，好像江太都走掉了。"

"那哪能呢，江太哪么能走嗳，放心，保证在这府里哪儿歇着呢，您老看，李小姐还在这儿，江太更不能走。"

"没走吗，怎么一直没见她？"

李千金"哼"一声，几个人听见，看她，李千金觉得尴尬，站起离席。余仕听见，看见。千金这一声哼颇有意味，江太去了哪里？

陆舟从台阶下来，余仕招了下手，不曾看见，便等他走过，拉住，命在椅上坐了，问刚才新郎又找他说了什么。"我照好了，您看。"陆舟以为余仕替新郎在催，掏出一块胶版。

"照的什么？"

"后厨的人哪，陈先生要我给他们拍照一张合影。"

旗袍听见，凑过来，"对对，应该如此，他们忙了一天，表一表谢意，新郎想得周到。"

余仕点点头，不解秀城其意。

"改天我要请一请上海的众位老板，您老二位可一定赏脸，请大家伙听我诉诉苦。"申英在邻桌向二位客人分辨，"也不知打哪儿传出来的，老说我给日本人做事，这不是天打雷劈嘛，我哪能给日本人做事呢？今儿个上午不知哪个缺八辈儿德的，写个条儿，说我替日本人绑人。"

小童跑来，借灯光找见，跑近跟前，余仕伸手，小童放上棋子，余仕顺手从桌上拿了一只大果谢了小童。向厅里望望，小施拿着话筒瞧着厅里说话，影影绰绰似是秀城带丫鬟进厨房去了。

红娘拍手冲上台，叫停了合唱，一排姑娘只好停下。"列位列位，您请听。"喊了几次，场子里才静了。众人听是电台，有人把收音机搬到餐厅窗台对着院里。"那辆车现在正奔向金神父路口，附近的黄包车弟兄，有请堵住金神父路口，注意，这是顾竹轩本人的号令。各位先生们女士们，鄙台正在协助上海各方堵截凶手，各位听到了，鄙台刚才播出冬宫花园婚礼余仕先生的评书，五条先生暗有所指，卢太卿府里的司机闻风而动，驾车逃走，此时正在上海街巷逃窜，鄙台接到英租界工部局请求代为协调各方的追捕，各租界及华界严阵以待，更有顾竹轩仁人志士，挺身而出，指示八千黄包车围堵凶手，目前凶手已流窜到金神父路。晋龙先生，原来刚才余仕先生是借古喻今，实际是讲了他口不能言的案件。"

"不错，这个事近一年时有报道，卢府公子不明不白被害，五条先生受托，想是日前已探明真相，碍于血脉纠缠，不便明言。确实，你想，人家的子孙，日后长大会不会怨恨，'怎就将我生母法办了？'"

"是呀，所以余先生通过鄙台节目，含蓄道明。鄙台记者刚刚从卢府探到一点消息，原来卢府今天一直收听鄙台，上下人等都在听八娘婚礼，余先生评书一段，仆人们就有指指点点，后来府里的一名女子，应就是余先生口中的那位翠红，被评书吓哭了，然后不知怎样，卢府的司机忽然凶貌毕露，持刀吓住众人，拉上这名女子开始亡命之路。"

众客议论纷纷，"这册那不止女儿要管，连儿子也要管教了，不能出去胡闹。""如今世道坏了，一个下人居然算计起主人来了。""是呀，人心不古啊！"

红娘在话筒前压住众声，"列位，大侦探余仕果然孔明之智，包拯之察，上海滩有余仕在，列位的性命资财大可放心了，今天冬宫有五条在，婚礼一定有始有终。"

秀城出现，领着小童，身后跟着丫鬟，边下台阶，边右手指头画着，写字给丫鬟看，申英看见，在桌前站起，几桌客人陆续静场，诧异不见八娘。还有人悄道："这小子以后肯定要私通这丫鬟的。"余仕却不解，他拉小童入席干吗。

不防收音机仍开着，司晋龙喊："不用说了，八娘一定已遭不测！"旗袍忙跑去向窗内挥手命人关掉。

红娘在台上笑向下问："新郎，八娘呢？"秀城拍小童和自己一起坐下，听见问，不带声色，答说："在上面。"

众人仰脸看那边的洞房，无声的阳台和窗。红娘问："她怎么不下来？"秀城招手叫来路过女佣，低声跟小童商量，小童不好意思，秀城说给女佣。余仕看明白是新郎看小童辛苦一天不得正经吃饭，拉来吃几个菜，不由心里赞他不是那狗眼看天之辈。小童当着客人没大没小地坐在主桌，左右不是，好在已是深夜众人散着乱坐，都不在意。

红娘把嘴凑到话筒，向上喊一声，"八娘，可好？"仍是无声的洞房。

红娘向下问："新郎，八娘是怎么了不下来？"

秀城点好菜，刚命女佣告诉厨房去了，向上不耐烦，挥一挥手，红娘奇怪，又要说，"八娘……"猛见秀城一拍桌子，"戏子多嘴，不晓得谁是这里的主人！"红娘一愣，讪讪一笑，

　　　　　　　　豪筵影戏

尬在台上。

余仕看秀城和红娘演得还像，只当看戏。

有位老板起来，走近秀城，站在他身后说："八娘有事，你可做不了这里的主人。"几桌都有客人随着站起，应和，纷纷说八娘有事我们岂会袖手之类。

红娘在上忙道："列位息怒，请暂且等一等。"回身向后伸手作请，后面一排女生合唱又起。

众客狐疑，缓缓坐下，旗袍跑进场子，扶斥责秀城的老板归座，悄说什么。

台上唱歌，台下几桌各自议论，余仕看看，秀城和红娘演的这戏经电台传出去，整个上海滩，一定不少人变了主意。果然，便见场子里有人慌张起来，向厅里去，必是恐八娘不妙，去厅里打电话另外下注。还有人见厅里电话占上，转向院门去街上找电话亭，旗袍忙追去，悄说几句，劝了回来。进厅里的几位也返回席间，想是红娘拦住的。

众客回桌窃笑悄语，放下心来。余仕忽见申英站起，向主桌看，余仕忙看过去，见秀城先要丫鬟挨着小童也坐，丫鬟不敢，他就手指蘸了什么在桌上画着写字，示意身后立的丫鬟来看，丫鬟看了，摇摇头，秀城又写，申英已站到丫鬟身后，也看秀城写字，丫鬟又摇头，申英一巴掌从后面扇在脸上，打得丫鬟坐在地上。众人还在聊下注，有看见的顿时站起来，申英连拳带脚地向地上的丫鬟一通乱打，众人都涌近去看，陆舟跑上台阶居高临下，秀城正被申英惊住，不知如何是好，此时见陆舟凑热闹，忙上去拉开。

申英拳拳到肉，众人围看，有劝的，却都不好上手去拦，幸而管家闻报跑来，不多说什么，只插到中间用后背挡在申英前头，申英推搡，想绕过管家，终是被拦住，他这才口里乱骂说道："小臭娘们敢害我，我他妈早知道是你，你个臭东西，觉得我不知道哪。"又转向众人说个不住，"我早就说条子是她写的，她装他妈的不认识中国字，装他妈挺像，高丽人不是好鸟。"余仕却才明白申英怎么见了秀城写字便动起手来。

管家招手命圈外的女佣进来，扶起丫鬟，擦泪抹血，到底弄不干净，扶进楼洗脸换衣忙乎一番。

众客回桌坐了，申英回到邻桌，依旧口歪眼斜地乱说。有人奚落一句，"明天又能上报纸了，连上两天，大人物哪！"

"打狗看主人呀！"

申英听见，辩道："她能害我，也能害八娘。走着瞧，我买回她来，按在马桶淹死她！"

余仕扫了一圈，台上人吓得早停了唱，此时红娘、旗袍一阵忙，又是叫接茬起唱，又是跑去各桌安抚。余仕忽觉不对，何时不见了秀城，忙提杖起身，在场子里细看了看，果然不在，便走至阶前几步上去，匆匆进厅里去找。

一进厅门，便见秀城和司机在墙下摆棋，余仕想了一想兜里的红帅，并不近前，转去了餐厅，将餐厅的门开着，拉把椅子靠墙坐，在门玻璃里远远地照见秀城。

二人摆完棋，发现少了一子，上下找不见，便换了座位，余仕猜是秀城执红，自信主帅不必动。二人下棋，秀城不多想，飞快走棋，余仕见无异样，便去窗台小声开了话匣子，自己提着手杖来回踱步。

"这个姓申的做贼心虚，这下在上海滩更是臭名远扬了。"

豪筵影戏

"马上就第八次了，这是冬宫今天第一次起波澜，目前整体看，八娘的婚礼还算顺利。"

丫鬟洗换干净，肿着眼睛出来，找见秀城，仍去身边立着。余仕穿大厅过去，司机看见忙让座，说自己棋臭不配做秀城对手，请余仕"同我家陈先生下"。

秀城笑向余仕道："这位祥哥的棋路不难赢，余先生，你只要开棋先挤掉他的马就行。"

余仕点点头，看向丫鬟，再转向秀城，问："你刚才在桌上写了什么，害得她挨人打？"

"我写字跟说她该吃饭了问候一下，申老板就凶起来了。"

余仕沉吟，又点点头，"陈先生体贴下人，怎么几次找那个拍照记者说话？"

秀城尴尬道，"我家小妹不懂事，跑到这里抛头露面被人家拍相片，太不懂事。陆记者人还好，没要几个钱。"

"买到了？"

秀城点头，并笑道："这个人，我以为，中午找我说床靠窗伤阳气，我以为他懂风水。"摇头笑笑，忙起身说，"我不能陪余先生了，祥哥陪余先生下吧。"忽然想起来，"还有，祥哥，明天找那些人来吧，我挑一挑，要身体棒，手脚灵快的。余先生，不陪您了。"秀城带丫鬟向电梯去，半途忽又拦住个女佣说句什么，然后才进电梯走了。女佣跑回厨房，片刻推辆小车出来，上面各样茶果，等电梯下来，推进去，本人并不上去，返身出来，拉栅关门，电梯自行升去。

"怎么突然下起棋来？"余仕掏出红帅放在棋桌。

司机忙回："陈先生刚去后厨找我，要看看我的棋路，说怎么余先生您都夸我。"

余仕向棋盘上看一眼，秀城的棋势如风卷残云，黑棋已零星支离。余仕无心下棋，让司机忙自己的去。正在这时，一片大说大嚷，罗马、方导七八个人等进厅，不知为何各抱着一把椅子，嘻嘻哈哈登阶上楼去，有两个直奔电梯，旗袍跑在前头在电梯门前躬身拦住，说是电梯直通洞房，惊了一对新人，有个"马上风"之类的好歹，咱们可成了恶人，二人听劝，扭身也走台阶。

余仕拍手唤过旗袍，问这几个人上去干嘛。旗袍笑答："余先生有所不知，这可是个典故，八娘床帐顶上放的那摞大洋，历经八次不掉的，有旺财之能，前两次大婚抢到大洋的老板，当年都有大事成就。"

余仕耳听旗袍，眼看厅门，江太的司机双手托着一个妥帖的包裹，由门人带进来。管家出来，叫个女佣接了包裹送上楼去。

小童跑来，拦住管家说话，管家听了，走去台阶，沿阶上楼，刚走两级，厨房女佣慌张跑来追上，管家听了她说的，皱眉忙下台阶，直去电梯，开门进去，拉合栅栏，女佣帮关门。后厨帮工从厨房跑出，低声喊，"找到了，找到了。"女佣一把拉开门，电梯刚要起去，猛地停住，管家出来，帮工说了几句，管家点头，又去台阶上楼去了。

余仕拍拍旗袍示意不必再说，几步上前，叫住女佣，问刚才何事。女佣面有惭色，不知八娘的毛病当说不当说，余仕说一句，"我今天乃八娘保镖，事事要知底细。"女佣便说了，原是八娘不习惯吃花生，视同砒霜，刚才西点厨师给自己备了

豪筵影戏

块三喂吃①，胡乱抹了花生酱，放在一边，忙了一阵回头却找不见了，女厨听说连喊不好，恐是混在茶点当中放在食车送上洞房去了，因此急报管家，可巧有人说自己吃了，方虚惊一场。女佣越说越多，余仕听是小事便不耐烦，正见申英落寞地进厅，四处探头乱找，便向女佣"嗯"了一声，拄杖过去问："申老板似在找什么，可有事？"

"我找那个拍照片儿的，我刚才动手没留神，让他给照了相，这明天又把我印报纸上。"

"没找见吗？"

"没有，他们好几个看见叫新郎拉走了。"

余仕懒怠再说，点点头，拎拐杖走去台阶，迈步上楼，已听得见上面大呼小叫闹腾，二楼不见有异，转过去，看见管家立在那里，差几级台阶并不上去，等着三楼两三个人在烟室门外连说带闻，品评八娘的烟土，"不错，马蹄土，门上都是这个味道了。"正等间，后面又上来几人，扛灯搬架地从身边过去，到上边找了位置，对着洞房的门，架上摄影机，插电试灯地忙一番。

红娘来烟室门口，拉碍事的人走，"老爷们别在这里捣乱，快起开，让管家备烟，回头八娘完了八次好来歇歇。"闹的人走了，管家才上台阶，从腰间掏钥匙开门进去烟室。

余仕登阶上去，见小施躲在阳台，看着四层台阶上下的人等，悄向话筒说话，看他头上顶个耳机忙来忙去，今天数他辛苦。向四层看，那几个等抢银洋的堵在洞房门口乱说，有人嘘

---

① 三喂吃：三明治。

停众人，趴在门上向内听了半天，"这门什么木料，一点声音不透。"

余仕看看洞房的门，八娘从这门出来，就完成今日杜先生之托了。红娘上来，几个场面的人随着，准备停当，亮灯打镲，摄影机拍摄，红娘在洞房门前舞了几下，把嘴张张合合，却不用嗓子，唱得随便，想是电影无声，只做身段。一段拍完，各自歇了，只等八娘出来。

第五章

午夜谋杀

余仕正找坐处，旗袍跑上来，喘道："余先生快请去看礼物，卢府开来一辆薛佛来，送给余先生作酬金。"小施凑过来听见，忙跑到阳台向下看，拿话筒报道。

　　有一两个客人着急看车，随旗袍跑下去，余仕想拿架子不去，又觉不合礼数，只得拎杖扶栏，悠然下去。

　　到了院里，果见车道上一辆车，场子里剩下的十来个客人拉门摇窗地向车里看着议论。卢府的司机用个小碟捧着钥匙，旗袍男等众人哄请余仕坐车里试试，余仕学着雨村，不过略谢一语，并不介意，侧身坐进去。众人议说这车奇在有收音机，少说也要加价八百银圆，说着便要听一听，卢府司机忙凑过来，余仕从碟上拈起钥匙，找地方插上，拧开收音机，找到电台：

　　"五条从此鸟枪换炮，汽车替去洋车了。不过啊，余仕这也是有功应受禄，你想，卢府如不除去这个祸害，以后必是陆续有人暗遭非命。"

　　"是啊，余侦探又立奇功。我们再看一下现场，刚才管家已经进了烟室，看来八娘完事之后要香一香烟——小施，现在越来越接近午夜，你看现场的情形怎样？"

　　"汪润，我仍在冬宫三层阳台，楼下院子里，余仕先生和客人们正在观看车辆。回过身来，我看到洞房门外多位等候的客人已经借用戏班的锣鼓催促八娘凯旋。"

"哈哈哈，汪润，你们这位小施先生必是少年老成，'八娘凯旋'，用词精妙。"

余仕坐一坐便要出来，正见车外众人不知怎的齐向远处看去。

"等一下，现场有事，小施，请讲。"

"我是施广学，我现在三楼刚刚看到八娘的丫鬟跑上来，猛拍烟室的门，丫鬟在喊着什么。这是不祥之兆，丫鬟今天贴身紧盯新郎，现在独自跑来……等等，外面有动静，我现在来到阳台，看到楼下有人异常跑动。"

是有人听到一声爆响跑去看，转过楼角，看见前边似是一人趴在地上，吓得忙跑回，后边的人大胆上去，看了看衣服，大叫一声跑回："八娘跳楼了！八娘跳楼了！"众客忽地涌去，楼上小施听见，狂喊："八娘被杀！八娘被杀！这里是上海之声，这里是上海之声，冬宫现场。本台宣布，八娘被杀！"

余仕忙出车外，身子竟有些晃，刚站直，天上漫过一片红亮之色，滚来炸响，礼花灿烂。背后车里电台声音："果然，果然！婚礼必杀八娘！必杀八娘！谋杀大戏开场！子夜，上海无人入睡！从现在开始，上海是余仕的了，五条是否不辱使命，我等拭目。"

陈秀龄僵靠在小伙肩头，周围人或摔杯砸碗，或满脸嬉笑，八娘死了，哥哥干的，她知道。

余仕绕台前，向那边去，有几人走在前头，他见赶不过去，便喊："叫杜月笙来！"众人真就定住，侧身让开，让余仕先走。

街上欢叫哄起，自是赔钱的骂街，赢了的喊好。

走过悬着气球的花坛，脚下跟跄，踩到洞房抖下的床单，拐过楼角，墙上几支壁灯，见已有人围着，余仕从后赶来，喊道："不要动，不要动！"已是晚了，申英胆大，刚将地上那人翻了过来，余仕几步上前，看脸，果是八娘，双目微闭似有笑意，一团红布撑张着嘴，头下漫血，喉间呼噜作响，"八娘挺住，八娘挺住！"想要八娘喘气痛快，余仕替她拽出红布，却听嘴里长长一声哨音，长吐一口气，漾出一股血来，嘴渐合上，死了，果然一抹笑。

定了定心思，再看八娘，上下两件中衣，外罩睡袍，掀在肩上，余仕不忍，替八娘把睡袍向下盖住，又想找块布盖上，想想不妥，"叫那个拍照片的来，那个记者！"猛地又喊："关住院门，不要走了凶手。"

人聚多了，悄声，"真动手了。""谁呀？""八娘。""谁干的？"众人向上看。

上边有人问："是八娘吗？"

余仕抬头，洞房的窗冒出几颗人头，便向上问："谁干的？"

"新郎。"

"抓住了？"

"倒在地上呢。""疯了。""昏了。"

又是一阵脚步，跑来几人撞开人群，挤进来管家、罗马等人，管家年纪最大，竟跑在了前头，两眼冒红，直向前来，余仕举手迎面推住胸口，"八娘既已出事，一切就请交给我。"

管家眼瞧着八娘，不作声，人堆里的下人中有人强忍不住，喷出一口气，哭起来。罗马看到八娘，呆了，方导和公子在管家身后看八娘，悄声说话。小施跑来，挤近前看看，回身跑去舞台，用话筒报八娘死状。

余仕这才觉到脚下玻璃碎物，张张两臂，要两边的人远着些。旗袍在人堆前排看着八娘，似是眼中带泪，捂上脸，一跺脚，柔声怪气嗔怪地喊一声："八娘！"

院外巡捕进来，大大咧咧，自以为众望所归，众人让开路，过来弯腰就向八娘伸手，余仕看见喝道："住手，什么东西，也配进到跟前，外头伺候！"

巡捕臊着去了。余仕低头四下细看，地上玻璃碎块、窗框木屑。仰头看，一棵梧桐，那边两行白桦，院墙。余仕捡起那团红布，抖开来看，红盖头。

余仕过去拍拍旗袍，指了指围着的下人，"叫他们搬椅子来，把八娘围住，不许人靠前。"

说罢，用手杖挥开堵路的众人，穿人群而去，忽又回来，再看一遍八娘的脸上，一抹笑。

余仕穿人群出去，八娘死前笑了，看见了什么，秀城那张俊脸？

街上的人已是喊了半天，此时越喊越齐整，已然听得明白，"八娘诈死，八娘诈死！"余仕忽在阶前停住，回身看，外面的人看不见八娘坠楼？果然，那两行白桦挡得严实。

余仕提杖登阶，直奔厅门，不防江太换了一身紫裙气狠狠出来，来不及行礼，擦身过去，忽被江太背后叫住，"她怎么样了？"余仕不忍说八娘惨状，只一手提提小帽，仍进厅去，"小王八蛋，给脸不要脸的东西，叫人把他抓起来！"江太声音追来。

李千金躲在厅里，只向外看，不敢出去。

电梯门栅皆开，余仕径自过去，小施从后赶来请他留步，举话筒，郑重其事地说："余先生，上海之声电台以千元聘金特聘余仕五条先生为鄙台雇佣侦探，负责侦破冬宫命案，请余先生低就。"

余仕点头，看见举过话筒，说了一个"好"字。

"现在，上海之声电台施广学，将聘金交付余先生。"

余仕接了银票，立刻盘算，今天得了一辆汽车和千块大洋，够不够在枣林大院买房，挨着程砚秋。

"余先生，鄙台现在开始举办有奖猜凶活动，听友中有猜中凶手者，破案证实后，鄙台将有大奖。所以，余先生如有线索，请随时告知，供听友猜凶。"

"悬赏猜凶，我不能猜？"余先生刚掉进钱眼未出。

小施憋笑，"余先生不能参与猜凶。"

"好，上去命案现场说话。"

两人同进电梯，关门拉栅，电梯"腾"地起去，外面申英跟来，见电梯已走，扭身去上台阶。

小施凑趣道："后面的事就仰仗余大侦探了。"

电梯缓缓，余仕问："方才上面怎样情形？"

"丫鬟跑上来找管家，急火火的，那时大家就知道不好了，等管家开了洞房门……"

余仕看外面，二层不见有异，打断小施，"是怎么，说细些，丫鬟找管家，而后……？"

小施细说一遍，他在三层阳台，看见丫鬟跑上来，跑到烟室，拍门，然后管家开门，丫鬟向他比画，嘴里出声说什么听不懂，然后管家出来，这时听见楼下乱了，小施知道八娘出事，虽没确定，但等不及，就宣布八娘被杀了。有的客人想从电梯上去，管家有钥匙，直接上来洞房正门，先敲门，半天不见动静，就用钥匙开门，等开了门，众人在门口向里看，看不见人，叫也没人应，马上看见窗子碎了一个大洞，就一下冲进去了。八娘不见了，新郎在浴室那里爬。

电梯停在四层，余仕伸手，推开滚花玻璃门，迎面见大床，床幔高挑。迈出电梯便见那边浴室门口趴着一人，头在门内，身在门外，红娘和白杖老头正低头看那人，老头用拐棍敲头捅背地戳打，"起来，起来。"

余仕近前看看，正是秀城，不省人事，睡在地上，浑身火炭一般，口内呢喃之语，听不懂说的什么。浴室里面，丫鬟立在秀城头前，一脸慌悸，看她寸步不离，仍在"随侍新郎"。

余仕将细黄辫子放在嘴上咬住，俯身过去拍秀城的脸，不见醒，捏开嘴，闻一下，似有烟膏味道，身后红娘道："好像吃了鸦片了。"

小施跑去正面窗台拿话筒，余仕向他喊，"叫个医生来。"小施怕吵到众人，拉帘，开阳台门，出去播报。

余仕撇下秀城，去看那窗户，只见两座大窗，各两扇玻璃窗门对开，格子玻璃，左窗仍有人趴着向下说话。右窗的一扇窗门碎出一个洞，鲜血淋漓，想必是新郎按着八娘头乱撞，在这里砸出窟窿扔下去的。余仕从洞里小心探头出去向下看，正是八娘，下人们正搬椅子来护住，三两个女佣远远地弯身冲八娘哭，小童也在女佣怀里看着八娘抹泪。

余仕缩回来，回身将洞房各处匆匆看上两眼，床上地下并不凌乱，那边一架点心小车，上边盘盏干净，只剩一盘鲜肉月饼，一个银饰，月老。

街上喊声闹得心焦，余仕向阳台去，桌上一柄细剑，八支里剩下的一支，拿在手上，悄向前一丢，扔到阳台，然后过去，在阳台俯身拾起，展在手上细看，小施见了闪进门来。街上众人看见余仕，又见在琢磨一件凶器，才想八娘真的死了，登时消停。

余仕进来，放回剑，瞅见那匹布，原在床上，如今已向窗外甩出七丈，只剩一丈，卷在卷芯杆上丢在窗下。

再往回走，路过沙发边那台落地收音机，摸一摸，热的，扭开，正是直播，汪润在说："我觉得不是这样。"余仕啪地关上，又想听听议论无妨，便又开了。

"新郎就这样下手了，太奇怪了，晋龙先生，您觉得这样作案，财产能到他手里吗？"

"不能够，别说他是装疯，即便真疯，杀了八娘，怎么着也不能说杀了人家再把人家的财产归他吧。"

"是呀，这样看，这新郎一定是真疯，中了烟毒。"

"他如何吃的烟呢？"

在下边看够了尸体的客人，陆续上来，四处乱走，有看秀城的，有看血窗的，余仕忽在人丛中看到申英两手插兜，故作悠闲，余仕觉得鬼祟，且不理他。眼见洞房里一二十人，余仕不禁厌烦，心下不耐，等不及医生，过去分开围看的众人，跨过秀城进去，从洗手池接了捧凉水，回来泼在秀城脸上，仍不见醒，又在人中、虎口掐按一番，还是口内喃喃地不醒，便在上下里外衣袋翻看，摸出一块胶版，铅笔写有"陈妹"，本想放回，想想，装在自己兜里。猛地想起还不见陆舟，案发他岂有不跑来拍照的，便命找人。接着翻找，不见有异，只从怀内摸出一只布袋，陈家祖坟的一把干土，余仕打开看看，捏捏，确是土，不见有藏物。

红娘在阳台向下喊："谁呀你是？去找找那个记者，算了你不知道，去告诉管家，把那个记者，管拍相片的，叫上来有话要问。"

余仕将坟土恭敬放回，见手上有血，想是从秀城手上沾来，余仕直身去水池洗了手，挥挥手挤过众人出来，看那架小食车，只见车上一面镀银大托盘，上面是几只碗碟，具是空的，只一盘鲜肉月饼。众人跟过来，围住小车，余仕指头夹住空碟看了，一只只皆是湿的，显见刚刚洗了的。众人在看放在小车边角的银饰，一个月老，悄声议说"谁的？""欧亚家那位。"余仕忽想还有什么，放下碟子，回来浴室门外，一只细高小巧单腿方桌，上面一块石头烟缸，无蒂无灰，却也是湿的。

那边申英趁无人在意，用手拽了一把保险柜把手，没有拽开，余仕没用正眼，却已看见，从身边过去，又到碎窗跟前，看看窗台上下几点碎屑，玻璃，木块，窗上玻璃倒刺，想秀城怎样行事。忽见窗下一物，大块银子，拾起来看，是那座电影公司银标，翻转看看，底面一层血迹，血中沾有一根长发，应是秀城用此物先砸昏才将八娘抛出去的。

这厮行凶之后，怎么倒在厕所那里？余仕想着，把银标放在窗台，又去浴室，扫见申英在电梯门那里的衣架翻衣物，便

豪筵影戏

问："申老板找什么？"

"嘛也不找，没事，没事。"申英缩了手，两手插兜，晃去别处。

余仕暂不多问，分开众人，仍去浴室。他素来不喜洋楼，最可厌的，洋人竟将茅房放在屋里，哪像京城院里远远的墙角安个方便之处干净，纵有臭气，先熏街坊。秀城此时已睡死过去，迈过秀城，绕开丫鬟，洗手池已看过，这次他将马桶看了一遍，和洗手池一样，边沿、池壁挂有一两点污迹，有人将小吃倒马桶冲走，在洗手池将盘冲净。又看毛巾架，架上毛巾有干有湿，一摞干净浴巾整齐未动。再看浴缸，只见一座白瓷浴缸棺材般落在中央，浴缸一头高耸一架玻璃屏风，安在缸沿上，三面围住喷头，余仕不禁笑叹，洋人在洗澡上倒是会享福，定是先在这边泡澡，而后去那边喷头冲净，有屏风挡水不令溅到外面。

屏风干净透亮，再向缸内看，缸底微有水迹，漏水孔开着，周围三面缸壁上满是水珠。他探手进去屏风里面，拧开龙头，喷头"哗"地淌下水来，水花四溅，正溅在缸壁水珠处。余仕正在发呆，旁边竟伸过一颗脑袋，一个客人不知何时进来，没羞没臊地跟着凑近细看，余仕看着眼生不是熟人，不好发作，撑着手杖直身，招手叫进小施，指他看浴缸里的水珠。出来前，余仕向丫鬟比画几下，请她出去，不必看守秀城，丫鬟大张着眼，看懂了，但不敢离开，余仕知道外人说不动她，只好自己出来，不等跨过秀城，门口围着的人先闪开了，人群后露出江太，"他是被人下毒了吗？"

余仕摇摇头，意思是尚不知如何经过。有人鞋尖踢踢秀城道："我看这小子在装。"

江太想和余仕说话，看这许多人在，烦眉躁目地去拉铃绳，忽想起八娘死，小童不必听铃，刚在下面尸体那里看见他与女佣搂在一处哭。正扭脸看罗马、方导、公子三人上来，江太便命罗马："你去下边叫他们上来，在外面摆个桌子，请客人们外面坐。"

红娘知道碍事，要引大家出去，众人知趣，正觉没什么好看，便不声不响走去洞房正门，有出去留在门口往里看的，有下楼去的，有干脆回家的，门人不敢放人，作揖请回来在场子里坐等看结局的。

江太看秀城，一脸厌恨："他真中毒了？"

余仕看门里的丫鬟，"正要问她。"

江太又命申英，"把管家叫上来。"

申英去窗前，向下喊："管家，管家，在嘛？"

旗袍哭过的湿音儿："在呢。"

"请管家麻烦上来一趟。"

江太过去那边沙发，嫌烦关了收音机，沉脸坐着。公子和方导床边靠墙找了地方立着。

余仕心下不安，似还有一事不明，却想不起来何事，只得挂杖而立，阴沉着脸将洞房看一遍，先看床，看看床头墙上，八支剑都已不在，忽想起那铃绳，怎地不见了，向旁边去了两步，果然欠脚看见绳子在幔帐顶上。不是这里，另有地方不对，想着便四下找，忽见从电梯那边过来几点水印，想起刚出电梯时脚下有异，当时并不觉察，现在过去细看，电梯门下，一块薄毡，算作擦脚垫，踩过后走出两步仍有鞋印，挂杖俯身

　　　　　　　　　　　　豪筵影戏

掀起垫子，下边精湿一片。

门里咣当一声，电梯到了，余仕去开门，管家拉栅栏，脸如泥胎，眼红着出来。余仕推着门，向地上踩了一脚，弹起寸把高一个小柱，固定住门不回弹。

"请唤出她来，问一问这事。"余仕指一指丫鬟。

"问过了，她看见，他，吃了东西。"管家还是不知如何称呼秀城。

余仕看他疲累，便依旧客气，"想听她细说一说，讲一遍这事的头尾。"

管家不走近浴室，不看秀城，远远地让丫鬟看见，举一举手，丫鬟绕秀城往外走，余仕见她迟疑，知是怕申英，便作势安抚，挺直身子，向申英那边挡了挡。丫鬟近前，立在面前。

"管家，请问一问姑娘，事情怎么个经过。"

管家和丫鬟比画了一阵，余仕看着那手语并不难懂，不过是象形，通是仿样儿，无非馒头半圆，窝头有尖，你我他，一律靠指。想想也是，丫鬟不过端茶递水，哪有深交，草草几个手势已尽够用。不等管家翻译，余仕已看明白，是秀城吃了小食车上的东西，先是大说大笑，后又捂头想吐，然后发呆眼直，八娘看着不对，要叫人上来，他摇头不许，反把铃绳扔到床帐顶上，让八娘够不着，又搂着八娘在床上嬉笑。

"这里，"余仕指电梯，"刚才她比画的是什么？"

"他把她关在电梯里。"

"如何关的？"

管家远远指一下电梯，"他引她跟进电梯，自己跑出来，关她在下面。"

"是闩上门了?"

管家摇一下头,过去电梯那里,余仕跟去,管家按了一个楼层键,踩一下挡门的小柱,关上门,电梯向下走,管家拉开门,电梯刹住,已陷下去一半。余仕明白,秀城带丫鬟进了电梯,返身出来,丫鬟正要跟出来,被他推了一把,关门,电梯下去,走了将近一人高,秀城拉开门,刹住电梯,丫鬟似在个敞口箱子中,囚在地牢一般,只露出一个半个头来,眼睁睁看秀城闹腾,搂八娘滚来滚去,滚到了门挡着看不到处。丫鬟想拽栅栏爬上来,脚下使不上劲,屡屡滑下来。看着秀城几次往返浴室,似是冲洗碗盘。之后便是跑来关门,电梯下去,送走丫鬟。

余仕点头,看电梯悬在那里,便关门,不知哪里咔吧一声,锁住门轴,再拉不动门,电梯下去。

"今天这门是怎样,从电梯上来的人就可开门?"余仕指电梯门。

"插门闩。"管家垂头,脸上呆滞,有气无力答道。

江太一直抽烟,此时问道:"这些吃的东西谁给他的?"

"厨房。"管家答一声,默然。

"是谁向厨房要的?"

管家问了,丫鬟不知,余仕代答,在楼下看见新郎向厨房要的小吃。

余仕回到电梯门前,蹲下,手摸一摸薄毡,"这里是湿的,哪里来的水?"

管家比画问了,丫鬟不知。

"你和他上来时,八娘在哪里?"

豪筵影戏

"在床边坐着。"

"后来呢？"

丫鬟忽地想起，比画一通，管家没懂："不知道，好像是他关灯。"

"关了哪里的灯？"

管家心不在焉，指电梯门框边的开关，"他用后背撞她……"

余仕见管家惊怒过甚，无心翻译，便亲去上前，向丫鬟皱眉作糊涂不解之状，丫鬟知是要问个明白，就又比画一通。先指电梯，升上来，拉栅栏开门，秀城往外走，忽向后一退，用后背推得她连退两步，却见秀城已跑出去，一把关了电梯门。她见不对，忙推门出去，秀城已关了灯，她探手在门边找到开关，开灯，且电梯里也有灯光出来，看见八娘在床边坐着，秀城从八娘脚前捡起了什么。

捡的什么？

丫鬟摇头不知。

这边余仕和丫鬟比画演绎当时之事，管家一旁，不朝床，不朝窗，不朝秀城，只向墙角，木然痛惜呆立。申英凑去，肩膀碰一下管家，低声："管家，麻烦你了，把保险柜开一下子，"管家不知何意，他忙接一句，"我拿我的东西，我的。"

管家正想该不该听他的，这边余仕早听得明白，"申老板拿什么？"

申英见被听见，堆出笑，"不瞒您老说，我的东西，早起来见八娘的时候托付给她的。"

那边江太冲这里不耐烦的一声，"管家，给他。"余仕这才看见江太攥块手帕在沙发独坐，已是垂泪半天了，此时边拭泪边厌烦地挥手。

管家遵命，腰间扯出一捆钥匙，捡出一个，过去将保险柜的转盘拧了几圈，开了，申英弯腰，歪头上下两层都看了，眼睛溜圆："哎，哪么没了？"

"申老板，是什么不见了？"余仕问。

申英凑近，背朝门外的众客，小声："我的名帖，一进府就交八娘了，她放这柜里，搁首饰盘子上头了。"

余仕听是名帖，想必托八娘的门路拜哪个山头，不便再问，便请管家在别处找找。管家脸上万念俱灰，不言不语，把柜、橱、桌、台，凡有拉手的地方一一拉开合上，申英跟在身边看了，垂头丧了气。

司机在门口探头探脑，余仕问他何事，他像对余仕又像对管家道，"外面前后脚来了两个大夫，说听电台在找大夫，看能不能帮上忙，大门的人问让不让进来。"

小施忙过来，"是夫格大夫吗，一个洋大夫？"

"不是，都是上海本地的。"

小施听耳机，"好的，汪润，等夫格大夫。"对司机，"还是等洋大夫吧，请代我们谢谢两位医生。"

司机凑向沙发，对江太轻声说："报社取胶版的人来了，我没找到陆舟，不知有没有要交给报社的？"

江太愁烦，挥手，"没有，这些事不要找我。"司机去了。

余仕当着江太不好再追，怎还不见陆舟，藏了，跑了？他在这事里边也掺了一手？

电梯响动，门开处，一个洋人，一只药箱，看看各位，冲着余仕说话。余仕苦笑一下，摇头，不懂洋文，小施忙跑过

　　　　　　　　　　　　　　豪筵影戏

来，口出洋文接应，引到秀城跟前，洋医问了几句，翻眼皮听心脏，撸袖子打针，然后比画叫人帮忙，管家等一起帮着抬到床上。

这边申英凑到江太沙发旁，也不敢坐，只嘀咕："早起来就放那里头了，我眼瞅着放首饰盘子上头了。"

"丢了又怎么样，拿自己当个人物，你还值得谁拿把柄算计？"江太说。

申英臊眉耷眼去墙边立着了。

呼噜进来一群人，军长的副官为首，把人看了一圈，看见床上的秀城，又瞅见余仕，一个立正，向后一招手，三五个喽啰兵抡麻绳过去，掐起秀城绕过肩头就要绑。江太皱眉站起来出去，门口红娘、罗马等众客让开路，江太下楼去了。

余仕手杖顿一顿地，"军座可好？"

军副碰脚跟，"余先生，我家军长好。"

余仕指指秀城，"且等一等，容我审他一审。"

"余先生，军长有令，命我马上带他到司令部。"

"军座可方便接电话？"

"怕不方便，军座在开军事会议。"

余仕知是在烟花场所，便向小施招手，小施明白，拽线跑到跟前，余仕对话筒："军座，在下余仕，请军长安。请军座来电话，容我审一番犯人，再交军座发落。"说完回头，不忍吩咐管家，便冲外面的红娘招手，"请替我款待军副，稍坐片刻，等军长的示下。"

红娘忙进来，都是北京的半熟脸儿，和副官热络几句，在门外清出一桌，叫几个丘八坐了喝茶。

刚得清净，却见一个西洋人带两个南洋人上来，下午来过的洋捕，领着越南巡捕，进洞房，四处看，说："谁是新郎？"

　　众人都知他要带走秀城，没人理，"我是警长乐邦，谁是新郎？"汉语说不下去，瞧见余仕，看了看，用英语说话，余仕一笑，不语。洋捕换回汉语，"你是传教士？"余仕摇头，洋捕嘀咕一句，"传教士才穿中国衣服。"扭脸看见洋医，说了句英语，洋医指床上的秀城，洋捕掏出手铐就要带走秀城，余仕只得去拦，比画着说话，公子上前，挺着胸脯翻译，洋捕听说要先审问，摇头怒责"你是什么人，岂有权力审讯"之类，说着命捕快拉起秀城走人，公子气恼不许，正争执间，背后一声咳嗽，杜月笙立在那里，余仕顿感松快。

　　"等一等，事情弄清楚了为好，那时带人走不迟。"

　　公子译了，洋捕上下看一眼杜月笙，似是问了一句"你是谁？"，公子介绍了，洋捕不看在眼里，回头仍命捕快拽人。

　　杜月笙正色道："这里是中国，你们洋人两眼一抹黑，看得懂中国人的事吗？我说一句闲话，中国人的事还是交给中国人，早些破案，大家早些回家睡觉，免得明天起不来床，耽误了扫街①。"

　　洋捕不知典故，听不懂杜月笙的威胁，执意行事，方导带头围着哄笑，乱说乱嚷，"不知道厉害，小心公董局开除。"洋捕发觉势头不对，又兼公子不知说了什么，缓下来，把手一举，说声"好吧"，去床另一边的椅子"扑哧"坐了。

---

　　① 法租界环卫工罢工曾使租界当局焦头烂额，经杜月笙调和复工。

　　　　　　　　　　　　　　　　　　豪筵影戏

外面的军副沉在那里，皱眉想想，只得起来领兵下楼走了。

杜月笙看着秀城问余仕，"怎么了？"

"洋医打了针。"

"还要多长时间醒？"

余仕代问洋医，小施忙翻译了，洋医耸耸肩。杜月笙身后是万墨林等几人，其中一个瘦仃老头，油亮马褂，余仕认得是仙界烟馆老板，杜月笙回来向老头点了下头，径自去空出来的沙发坐了，几个客人趁机围上去悄声低语地打招呼，管家在门外找个佣人吩咐给杜月笙送茶点上来，回来在沙发不远处垂手候着，眼望碎窗发呆。

瘦老头领人上去，架起秀城拖回浴室，连解带扯，扒光衣服，鸦馆伙计捧上竹筒，插在嘴里，灌下一罐红汤。脸上一通乱掐，又放躺在地上，脚上去在肚子上一顿乱踩，秀城大口喘气，忙拎进浴缸，架着胳肢窝，提着头发，顿时上吐下泻，饭香屁臭地出来了。开了头顶的龙头，直冲得听见秀城咳嗽之声，算是活转回来。

余仕看得发呆，猛地想起自己不可闲着，左右找洋医。洋医在那里旁观，见治得利索，手到病除，眼中几许惭色。余仕眼看秀城活转过来，双眼迷离，口中喃喃说个不住，一时不能醒透，想想八娘身上有些不对，该请洋医下去验一验尸体。临走，找管家，让问丫鬟可知申老板名帖下落，管家问了，丫鬟摇头。余仕又让问她，最后这次上来洞房，八娘见到丫鬟，向她比画说了什么，给了她什么，丫鬟摇头，皆是没有。

余仕去请洋医，正好免得尴尬，洋医如何不从，提起药箱就走。余仕到杜月笙跟前告明一声，抽身，不走电梯，提杖引路，从正门出去，门外众人让了让，二人沿阶下去，小施仍是跟着。

"请问余先生，为什么问八娘对丫鬟说了什么或者给了什么？"小施问道。

"丫鬟挨打，你可报道了？"

"报了。"

"八娘一定从话匣子听到，见了丫鬟必有安抚，可丫鬟随新郎上来，八娘却无表示，岂不怪哉。"

两个转弯，下到二楼，见江太、李千金坐在廊下，皆是茶点不动，垂头不语。听见人声，看是余仕，江太以目问询，余仕提提小帽，示意未见结果，请江太稍候。

下边厅里空荡无人，竟能听得见立钟摆声。余仕领洋医出门去，见场子里不声不响坐了一二十人，便知是杜佬带来的，正要向面熟的打个招呼，背后厅里一道长啸，小施、洋医站住，余仕横杖在手，返身回来。听着是个男人，却见一个女佣，仰脖跑向厨房，一路嚎出男声。

楼梯下边一个房门开着，是一间房，依梯而建，形似三角，余仕几步过去，里边若明若暗，远处地上似是一人，余仕登时叫道："陆舟。"

身后人声纷至沓来，司机凑近向里看，伸手替余仕找到灯绳，灯亮，果是陆舟，仰在那边地上。余仕看看，房间纵深不浅，一台木架上放着马鞍，墙上各式马鞭、马刺摆挂讲究，应是八娘前夫的甲胄之室。

那边另有一座门，尸体离这门远，那门近，凶手一定是领

　　　　　　　　豪筵影戏

陆舟从那门进来干的事。身后人声愈多，院里、楼上的人乱糟糟涌至，余仕回身将手杖交到司机手里，拽到门框，把杖一横，说一声："别动。"自己进去，到那边开门，探出去向外看看，是道回廊，无人，墙上一溜挂着枪刀、兽头、牛角，点缀几幅西洋光腚画。余仕关门，蹲过去看尸体。

陆舟脑袋旁边一块铁坨，怕是凶器。脸上无惊无喜，已死的呆相，礼帽歪在头上，相机匣子还挎在身上，匣子开着盖，周围散落几块胶版，相机扔在脚边，敞着仓盖，一块胶版撕开，丢在旁边。余仕忙把胶版按住，把封纸贴回去，封严。余仕想起秀城身上搜出的版上有字，手中这块版上无字，一定是陆舟来不及注明。显见凶手行凶就是为这块版。

洋捕的声音，非要进来，在外面起了争执，众人哄他，只得气恼地找地方坐了。

余仕捡起那几块散落的版，各自写的是"军长""江太唱""兰老板""厨房"，剩下一块没启封条的白版。想把手里的一摞底版交给人，余仕想想，尚没有排除嫌疑的人，只好自己留在身边，另一只手去翻相机匣，夹层里掏出一只扁洋酒壶，再掏是一只锯短了的炒菜铲，最后是一支铅笔头，余仕看着叹气，不知各是作何用途。最怪是这菜铲，一把薄铲，两边锤过，把铲子边沿砸低。再看酒壶，上刻洋人洋马，崭新锃亮，扁的，怀里、屁兜放着方便。晃晃，空的，拧开，不见酒味，扣向手心，尚有几滴，搓搓，闻了一闻，的确是水，余仕虽没喝过几次洋酒，但酒、水还分得清。酒瓶，铲子，余仕似有所动。

末了，又将陆舟上下衣兜翻了一遍，几块大洋，其余不过零碎之物，其中一张单据，报社总编的批条，上写"胶版十张，八娘婚礼专用"。余仕数数手中的版，共是六块，加上秀城身上一块，还有三块不知下落，忽想起下午见报的照片正是三张，中午送去报社的。十块胶版齐了，只是，这一张撕开的，拍了什么？回头看看那只酒瓶，眼前似是一亮，陆舟拍了什么，应已知晓。

通回廊的门不声不响开了，因是凶手出入的门，余仕一惊，方导露脸打个招呼，闪开给摄影机让位，扛机器的看着里边摇头，"没光线，拍不了。"

余仕把那块铁拿在手里掂掂，足足五六斤沉，"这可是府里的东西？"

"是挡窗户用的。"司机在那边门口回道。

"什么？"

"放在窗台卡住窗扇。"司机比画。

余仕听了，半懂不懂，向司机手里要回手杖，"请洋医来看一看，还有洋捕，请进来吧！"

众人忙从后面招进洋医来。余仕点头，将洋医往尸体那边让让。洋捕不知被人哪里找到请来，余仕向他提提小帽，自己去后面，出回廊门。

方导和公子上来左右迎住，对余仕低声聒噪，摄影师几人干等，都已懒懒的，与己无关的架势。房基高，对面窗户露出几个脑袋顶，余仕这才想到，这外面就是八娘尸首所在。窗台果有铁砣，一个凹槽从下边卡住窗扇。小施跑来，也是乱问，余仕听不见，走到廊道两头看看，必是凶手从厅那边引陆舟绕回廊进的甲胄室。

豪筵影戏

三人跟着他，小施手里拿着本子，"余先生，这位记者是怎么死的？和谋杀八娘的是同一个凶手吗？这个人的死和八娘的死有什么联系？"

　　"余先生，我觉得凶手是新郎，有人看见了，是他拉走的这个记者。"方导说。

　　"所以我才不信新郎是凶手。"公子争道，"我感觉，新郎中毒后有人趁机进入洞房作案。"

　　"你还认定丫鬟？这可是男的，杀他需要体力，还有时间。丫鬟没有作案时间。余先生，您看呢？"

　　余仕正数从怀里掏出的胶版，公子说："这张撕开了的，一定是拍到了什么，他就是因为这个死的。"

　　小施说："余先生，我看到死者有一个铲子头，是凶器吗？"

　　"还有一个瓶子。"余仕心不在焉，看着胶版，"得找个洗版人来，把这些妥当洗出来。"

　　"这个小弟愿意效劳，这里就有暗房，我知道的，罗马说过，八娘玩照相机的。"

　　方导一脸谄相，余仕不敢给他，因不知他为何献媚，"还是找一个行家来洗的好。"将胶版放回怀内，余仕眼前忽闪过一片亮，似是明白了陆舟拍了什么，便停下，闭目皱眉想了想，不见结果。

　　"他就行，全能人才，还是冲洗师。"方导指扛机器的。

　　"二位老板见谅，眼下这事还不见底细，这里的人我都还不能确保没有牵连，不便把紧要的东西轻易给人，容我想一想。"

旗袍顺回廊跑来，捧着个包，看着就知是银两，"余先生，外面有一大群各报的记者，请余先生准许进来采访，还给了钱。"

余仕奇怪这事怎么找他，才想到冬宫已经没了主人，"问管家了吗？"

"管家说问您。而且，记者们这钱也说是给您的。"

"给我？"

"是，从院墙扔进来的。"

"这里场面这么乱，不好再放人进来，且让他们等一等。"

余仕向回廊尽头去，走着，眼前又是一闪，依旧看不清什么。

转过回廊，远远看见江太对墙上的电话机说话，便顿住，手向后挥挥，小施等人跟在后面，此时明白，止步，余仕自己悄声走去，过了电梯门前，前边便是江太，果然听见一句要紧话。

"我惹什么事了？这里的事跟我没关系。你怎么不说说你呀，那小贱货……"江太听见有人，忙住了嘴，等人过去，看是余仕。

来到门前，余仕手杖抵门进去，已来过一次，熟门熟路，先是一间下人用的饭堂，桌椅衣橱，三两个仆佣坐着发呆，见余仕进来忙站起，余仕找了找，不见那女佣，听见里面有人，二道门内才是厨房。先不进去，余仕向人发问："刚才丫鬟跑下来，谁看见了？"

"我看见了，都看见了。她跑出电梯，四处跑，嘴里叫，又比画，我们才明白是找管家。"

"而后?"

"后来我们告诉她,管家大哥在烟室,她就没命地跑上去了。"

小施已绕了回廊跑来,余仕推二道门进了厨房,果见那女佣在,一个老厨拿长把刷子刷灶台上边的墙,女佣跟在身后说个不停,"我一看就是死人,一看就是死了的……"众厨役洗碗擦地,看见余仕进来,都停了手。余仕另找一个女佣,记得长相,那边擦碟子的便是。过去低声问了,那女佣忙答,"对,是我。"

"你可记得小车上都放了什么吃的?"

女佣一一说了名目,上海风味,余仕听不懂,只记了数目,正是六样小吃。"是谁要的这些?"

"新郎,我家先生,来找我说的。"

"蛋糕是哪里来的?"

"没有蛋糕,都叫我们吃掉了,先生也没有要蛋糕。"

出厨房,小施随着,想引余仕去窗边有话筒的地方。甲胄室门外,红娘正与几个客人闲话,看见余仕,迎上来堵在半道乱问,罗马从餐厅跑来,"余先生,江太有请。"红娘及众人忙闪开散了。

餐厅门敞着,江太向门而坐,余仕提帽进去。

"他怎么死的?"

江太问得突兀,罗马从旁解释,"那个记者的报社,是江太的产业。"

江太开报社,余仕早有耳闻,如今过问陆舟之死,也是体恤下情,关心手下马仔的遭际,便答:"是个铁东西。"比画着砸了一下。

"为什么事，他是干了什么事吗？"

余仕忙想胶版放没放稳妥，不想被江太看见要了去，"尚且不知，只是猜度，他是拍到了什么要紧的。"

"也是他干的，新郎？"

"还不曾想明白。"

江太皱眉沉了一阵，"那拜托余先生了。"

余仕躬身出来，红娘等人没了兴致，不再上前。小施又来迎住，到了窗前，用话筒问答。

"余先生，听友果然踊跃，纷纷来电，有人猜说，其实第七次八娘已死，所以没下来。余先生怎么看？"

"这样猜得新颖，只是此事小童知道，过会儿问他即可。"

"余先生，毒在蛋糕里。您刚才查访到，蛋糕并非来自厨房，余先生现在觉得来自哪里？"

"尚且不知。哦，洋大夫好了，不妨问他一些事情。"余仕见洋医排开甲胄室门口观望的下人出来，便招手请过来。

"是头顶击打致命，钝器伤。"洋医说验尸所见。

"旁边的那块铁？"

"可能是的。"

"什么时候的事？"

"大约，一小时前吧。"

余仕向洋医身后看到万墨林从楼上下来，往四下里看是出了什么事。"正要有事求他。请洋医这里站一站，马上回来。"

余仕过去先问秀城如何，万墨林回说"睡了"。

"这里有件事，八娘这里有暗房，需寻个妥当人来洗出这几块版来。"余仕掏出胶版，忽地眼前闪过影子，似明白了陆舟拍到了什么。

"余先生交给我吧，我电话寻人来，马上就到。"

皆知万墨林是极妥当的，余仕便将版都放他手里。

回来引洋医依旧去看八娘，拐过楼角，管家在树下垂头，丫鬟一脸戚容立在八娘脚边，旗袍跪在圈内，向八娘抹泪，小童被个女佣搂着，一起"嘤嘤"而泣。余仕拉开两把椅子，把洋医送进圈里，请验八娘。

小童被拍肩膀，抬头看是余仕，女佣松开，余仕牵手引小童到一边，小施忙跟来，"余先生，不如去前边舞台那里。"

余仕搭肩领小童到前边来到台上，小施摘了话筒举在二人脸前，余仕揽肩小童，一问一答。

"今日你在铃房听铃，共听到多少次？"

"次数不记得，只记得找谁，做什么。"

"你可听到有次是连着七下铃响？"

"听到。"

"那是我与八娘商量。八娘第六次下来，暗中告诉我要为这赌局造一造风波，第七次故意不下来。我因担心弄假成真，有人借机害八娘，因此和八娘约定，以七下铃声为号。小童你听到七下铃响，就怎么样了？"

"拿那个象棋给你。"

"正是。小童跑来送上棋子时，新郎刚好带丫鬟第七次下来。"

"是八娘本人拉铃吗？"

"我特地嘱咐八娘，暗语不可告人。因此，只有八娘知铃声之意，因此……"

小施接道："八娘那时确定还活着。"

"活着，清清楚楚。"

"这样一来，有听友朋友猜想八娘在第七次洞房时已经被害，这个说法不能成立了。"

"不错，这是一事，已然明了，再有些别的要问小童，八娘第七次上去以后共有几次铃？"

"三次，'七下'前一次，'七下'后一次。"

"七下铃声之前的那一次，是做什么事情的铃？"

"叫管家伯伯去点蜡烛。"

"点蜡，是什么事？"

"给罗宋老爷上供。"

"三楼的祠堂？"

小童点头。

"怎样上供？"

"给老爷家烧香，点蜡，念经。"

"什么时候？"

"第七次上去。"

"哦，第七次上去后的铃声是上供，第七次下来后是那七下铃声，之后呢？"

"香烟。"

"命管家去烟室伺候？"

"嗯。"

"什么时候？"

"第八次上去。"

豪筵影戏

"这是第八次上去后，香烟之后没有铃声了？"

"没有了。"

余仕不再问，小施想起一事，觉得似有蹊跷，"余先生，闹洞房时客人把床搬到了窗户前面，刚才在洞房我看到，不知什么时候床又被搬了回去。"

"此事我已问过新郎，这是那个记者去找新郎说的，床在窗户那里伤新郎的阳气。"

余仕将小童的手交在小施手上，"烦请你向厨房要些点心给他。"拍拍小童，自己绕到月台从台阶下去，场子里的大汉有站起，有不动的，余仕一一拱手，穿场而过，不忘看一眼千金坐过的桌子，阴森森空在那里，哪里还见蛋糕。

余仕手杖点地，直奔院门。门子、保镖将大门里外围得严实，余仕挥挥手杖，"我到外面看看。"门人忙将小门拉开，门外保镖忙让，记者们倒涌上前来，余仕跨出门去，因看见记者中有几个熟人，不好胡乱挥手打发，拱手作揖穿过人堆，对面水门汀的街人俱已疲惫，三五成堆闲聊，有靠在树根睡了的，只三两个猴精一般瞪眼瞧着冬宫。余仕出来，街人霎时有了精神，记者簇拥余仕斜穿马路向右边去，对面街人在水门汀上跟着走，涌成一团，看看走得差不多了，到了洞房正面，便到水门汀下同街人说话，街人已挤在一处。"各位好，请问各位，出事前，可看见洞房的灯关过又亮了？"

众人听问，一片愣，半天才有人说，"是有灯，关了开了。""没有没有，我怎么没看见，乱讲。"

余仕知众人不明就里，试问一声，"各位可知，哪个是洞房？"

众人乱指，有指对的，有不对的，"乱讲乱讲，没看见那挂着布吗？"余仕苦笑，提帽谢了众人，回头细看了看，果然两行白桦把楼旁遮挡严实，八娘是如何掉下来的，一概不见。

拎杖回来，身后街人有人夌着胆子冲余仕喊两声"赌局有诈"之类。记者们也追在身后趁机提问，余仕心里有事，充耳不闻。门外的保镖、巡捕替余仕拍门，余仕耳边忽响起千金那一声"哼"，顿时眼前茫茫一片，迷雾洞穿，霎时透亮，边走边将这府里上上下下过了一遍，走到院门，脑中已将冬宫上下看完，院门上的小门正在眼前开了，余仕恍然身在电梯，咣当一声停在洞房，不错，是这里，是这样。

跨进院门，顾不上点头哈腰的门人，心中觉得不对，"管家分明要上电梯的。"

台上小施、洋医一问一答，因是对话筒直播，声音挺大，听得真切。说的是头顶上的冲击伤致命，就是摔的那一下要了八娘的命。死亡时间说个大概，余仕从场子里过去，在台下向上细问："跟那具男尸比，谁先谁后？"

洋医几分为难，"非常接近，我宁愿说，女士的死亡时间晚一些。"

"八娘身上伤，共有几处？"

"致命伤在头上，身上有几处蹭伤，只伤到皮肤。"

"口内有刀伤，洋医看过了吗？"

小施译过去，洋医摇头，"口腔是有不多的血流出，估计是内脏摔伤，或者与地面撞击时，牙齿，舌头受伤。"

"刀伤，洋医请一定再验一验，口内有处刀伤。来人，"余仕向那边的下人招手，"找盏灯来，供洋医用一用。"

豪筵影戏

余仕提杖，伸手作请，洋医耸耸肩，跟在身后，转回八娘那里。偶然瞥见申英，两手插兜，垂头塌肩，站在月台边上，余仕登时"呵哈"一声，一切了然。

余仕在心里笑道，"这厮，竟然藏着花俏，弄我如棋，好个聪明的人儿。只是，难道江太也在其中，是狼是狈?"

回到楼侧，管家垂头立在八娘身前，眼睛闭着，丫鬟在一边。余仕仰头看上面的窗，暗笑。仆人送来电石灯，余仕掌灯，洋医把八娘侧身，看看周围，无人敢上去帮忙，只好旗袍、小施扶住八娘，丫鬟看明白，也忙去扶。洋医从口中淘血，余仕不忍看，将灯交给旁人，抽身回来。转过楼角，右边一座花坛，左面伸手可及是垂下的长布，不由停住，上面正是洞房，余仕仰脸上望，忽觉凉风荡荡，失了主人的楼，竟有些巍峨。

花坛里尚存一只气球，余仕抽起一只细剑，将气球"啪"地刺破，不防却听一串锁链响动，升起一张大幕，不知哪里"咔吧"一声，机器开了，一束光从白桦那边射在幕上，竟是一块竖条银幕，八娘在幕里走来，笑，舞。院外哄然，园内的人倒是无声无息，木然而视，余仕看不清，退到厅前月台上，才见是八娘，音容笑貌，令人鼻酸。

怕吓到那女佣，余仕想好这次进去先装作找吃的，不想进了饭堂，男女厨役都懒懒的，有的趴桌而睡，有的蹲靠在墙边发呆，余仕只得找见那女佣，顿一顿手杖，叫醒她来，"三喂吃里的花生是怎么回事?"

女佣睁眼见问，忙指那边，回了话，面点师正因不得出门回家闷然，忙站起回话，又指了小厨役，如此一路指下去，众人鸡一嘴鸭一嘴地乱说。余仕渐渐听得明白，原来是面点师拿面包片随便抹了几样酱当点心，放在架子上，不等得空吃，小厨役看见，以为是前边端回来剩下的，几口吃了，跑出后门铲煤。面点师回头不见了点心，骂了一通，有人劝他，"没就没了，再做一个就是了，又不是送到上边去了。"众人顿时惊了，有人忙跑去告诉了管家，正赶上小厨役回来添煤，才虚惊一场。

小施赶来，匆匆找地方洗手，掏纸笔跑到跟前，余仕正指说那话的女厨，问："你如何想到怕是放在小车上给八娘送去了的？"

"没有，没有，我是乱讲的。"

余仕点点头，出去，小施随在身边问："余先生刚才问到了什么？"

"花生酱，我是想看一看，厨房的人追找管家说花生酱，这事是不是演给我看。"

"结果如何，余先生？"

"这些人不是做戏，管家当时确曾想上电梯。"

"余先生怎么一直不问小吃，是谁可能做过手脚下的毒？"

"白白吓唬他们做什么，这如何问得出来。"

厅里懒懒散散的几堆客人，早没了兴头，只看余仕下一步怎样。余仕不向餐厅看，因江太还在里边。仍是想不明白，"江太如何肯的？"

洋医正在洗手，两个女佣，一个捧盆，一个捧盘，盘上皂巾整洁，余仕赞叹，"果然标致人家，出了这等大事，也是一丝不乱。"想一想，这应是管家的修为。

余仕叹息，已到洋医跟前，便问，洋医回说果然口腔内有处锐利物切口。小施已取了话筒跑来，"余先生料事如神，洋大夫说八娘口内确实有伤。余先生，请问现在可以开始巨赏猜凶了吗？"

"不知你是否把线索交代得齐全？"

"我把一切线索都告诉听友了，该说的都说了。"

"今天的客人里，有一位贵妇，只抽一个牌子的纸烟。"

"这个我没说，很重要吗？贵妇只吸骆驼牌子的。"

"还有新郎想开出差公司，一直等执照，第七次洞房后，好像有了。再有，洞房电梯门你可注意？"

"压花玻璃门，不透明的。"

"不错，你要在电台细细说一说，而且那里擦脚垫下边，有水迹。"

"加上这些说明，就可以猜凶手了吗？"

"线索齐备，不妨多余再讲一个，那电梯里应当有些白末子才是。"

余仕替他拿着话筒，小施跑去电梯里找，一时寻不见，跪下细看了一遍，才见零星几抹白末，跑回来，"电梯里确如余大侦探所言，有一些白色粉末，不过经人多次践踏，已经难以分辨，我只在地毯边缘找到少量，可以看出那是镁光粉燃烧后的颗粒。好，女士们先生们，线索已经完整，这里是上海之声，现在，我宣布，上海之声电台冬宫凶案有奖猜凶，正式开始！"

余仕笑道："听友诸位，不要过谦，想必已是了然，但此事层峦叠嶂，仕，盼诸位早传捷报。"

说完，撇下小施直奔餐厅，"若是当狼作狈，江太图的什么？"

餐厅门一直敞开，江太冲门坐，等看余仕结果。罗马站在那里，倚着门，泪痕未干。余仕提提小帽，"水落石出，已可断案，有劳江太上去坐镇。"

江太想问，但只把头点了点。

"小的还有一事不明，请问江太，李家千金可有害八娘之心？"

"她？绝不可能，虽然有吵闹，都是些小事情。"

余仕躬身，应声"是"，便向罗马点一点头，"有事相求，请随我来。"

小施已送走洋医，此时被众人围着，看他宣布巨赏猜凶。余仕领罗马绕到回廊，拐过去，在甲胄室开了门，进到陆舟旁边，从匣里捡出瓶和铲子，回身看罗马不敢进来，搅得余仕脖后一凉，竟也觉得阴森，转而叹息，不多时之前，这人还同我说话，现在却成了尸体在这里发硬。

出来将瓶铲交给罗马，教他如此这般，见他头点得含糊，知是没懂，又嘱他一遍，才回到前边来。

本要上楼，想想宝玉栖身狱神庙，忍得了苦，湘莲未必能忍，还是做个铺垫为好，便又出厅，下到场子里，向杜先生那帮人细细安排了，这才想起管家还在八娘那里，便绕去请，拐过来，管家坐着，肘支在膝上手托额头，旗袍和丫鬟等几个下人陪在一旁。余仕轻抚管家肩膀，"真凶已现，请管家上去坐等真相。"

管家看是余仕，回头望地上的八娘，余仕懂他是不忍八娘被扔下，躺在凉地，便问旗袍等人，"洋捕来这里看过了吗?"

"看过的，看了。"

"那就把八娘请到一个妥当地方吧。"余仕轻拍一下管家。

管家向身边的男仆吩咐一句，那人忙去了，不多时，六七个人抬来一架钢丝床，管家小心把八娘抱上去，丫鬟忙着整理，把八娘盖住。众人抬起，管家轻道："三楼，老爷的房里。"

余仕想了想，才明白管家说的，不由叹息，"男爵才是八娘一生的良人。"

余仕跟在后面，转到楼正面，银幕耀眼，觉得不妥，便说："谁去关了那个。"旗袍忙跨过花盆，钻去白桦树那边。

众人抬八娘上台阶进厅门，余仕回看银幕上的八娘，身着短裙，舞笑如常。再仰脸望上去，凉风荡荡，夜色里的楼，峥嵘巍峨。

厅里的人刚见抬出床去，知道要动八娘，现在看见要抬八娘上楼，有些吃惊，纷纷让开。下人们在台阶下先转了半圈，将八娘头在前，方往上走，一整天活奋的八娘，像袋白面任由晃动。刚走几级，前边高了，八娘将要滑动，后边人忙喊住。上边的人试了几试，"嗵"地跪下，以膝当足，登阶而上。底下的众客中有人悄声喊好，夸八娘的仆人忠心。旗袍跑来，看见跪抬八娘，又哭起来，边回余仕说不会关那机器，余仕将头点点，也就罢了，"把记者们请进来吧。"旗袍忙应一声去了。

眼看跪着移床，人都等在后面，余仕去了电梯，上去。路过二楼，透过门玻璃远远看见李千金还在那桌坐着，脸上发呆。余仕拉栅推门，出去，奔楼梯，看见李千金抬眼看过来，便远远地提提小帽，沿楼梯往上走。

听得见洞房门前众人聒噪，府里待着的人都蔫了，只这里有几个精神大的。听着是方导在争，"我总结一下各位的高见，有老板认为万事皆有可能，丫鬟能做的了，管家也能做的了，丫鬟是爬电梯缆绳上去下来的，管家是从外面爬窗上下的。"

"简直胡说，怎么可能，八娘摔下来的时候，丫鬟在烟室拍门，管家开门，我们都看见了。"

有人附和。

方导放声高论，"这个嘛，局座少爷早有预见，这是一个难点，但是，只要有一个时间假象就可以完成作案，先摔八娘，人们听到的声音不是八娘摔下来的声音，八娘已先于那时摔下去了，人们听到的那一声是后来扔下的一个什么东西，比如，扔个瓶子什么的。"

"扔的什么东西，怎么不见有什么东西在那里呀？"

"这个也不难，只要有人配合，抢先一步拿走，从楼后跑掉就可以了。"

"你说的这个计谋好是好，可是必须保证八娘摔下来的声音没人听到。摔个东西听得到，摔八娘倒听不到？这不是开玩笑嘛！"

"是啊，刚才我听见了，那声音很大的。"

余仕拐上三层，摄影师把机器放回架子上，和灯光几人坐在上四楼的台阶上歇着，余仕忽向右边去，在烟室门前停下，打量，一笑，"听众人之见，果然今日需得我在。"望门兴叹一番，便向洞房而来。

"是啊是啊，不要再讲了，就是新郎干的，明摆着他是有备而来，赵子龙似地直入敌营取八娘的家业。不要乱讲了，八娘不能白白死掉。"

"可是，新郎这样子的谋杀不是太蠢了吗？人人都看见他这样干的，他能得到什么？"

余仕沿阶上来，看到杜月笙坐在门外一桌，身边坐了几个壮汉，顿时了然，不由一笑，方导在这里大说大话，显见有心投入杜门，刚才向我谄媚，原来是为求引请荐。

杜先生果然大人物气象，一直这里稳坐，楼下出了那样大动静也没下去。余仕到跟前躬身悄然一句，"事情可以了了。"众人让开，余仕提杖入门。

进了洞房，看人，只见江太已坐在这边沙发，那边床上躺着秀城，四围是洋捕、鸦馆老板及几个客人，门外边的陆续进来，等看余仕如何。

余仕先去看看碎窗，拎杖溜达向床前，边找一块薄垫之类，地上、椅上皆不见有，最后才在床上看到。秀城躺在床褥之中，双目迷离，余仕以为他醒着，立在床前俯向秀城，"请问新郎歇息得如何？"慢慢地，秀目张开，那一双黑眸，真亮。

秀城被吵醒，勉强睁眼，眼光撞在一起，一惊，深渊般的一双蓝眼，不禁心晃动，清澈见底的深渊，秀城这才醒透，是他，是余仕。刚才被那些人问得厌烦，他等余仕上来，闭上眼睛，眼皮把外边的世界隔开，眼睛里，是八娘，只有他和八娘。八娘飘走，他抓住她，对她说，等他。八娘点了头，是的，向他点头，答应了，等他。

"你可知八娘怎样了？"

有人悄道："问过了，他知道了。"那人看向洋捕，余仕知是洋捕刚已审过新郎，心里不耐，但不做表示，仍对秀城说话。

"此事一马平川，必有暗坑，应有个消息儿在哪里埋伏着待我去碰，故而容我来找一找看。"说了前言，便要开问，"你可知，八娘是怎样下去的？"

"也问过了，他迷糊了。"

方导、公子跟在余仕左右，此时方导手向那人挡了挡，不让多言。余仕再问，"你看这窗，你先搂八娘乱闹，而后打昏了她，从这里抛下去。"

秀城在枕上摇头，不耐烦，余仕聪明，这不是他要问的，他想问什么？"我不知道，刚才……"秀城看着碎窗发愣，"不该有这婚礼，我应该带着她离开这个地方，美人鱼应该去远方。"

余仕听他说得突兀，想他是不是还没醒透，不管如何，只得再问，"不是这样？那想必你知道，你中了烟毒？"

秀城向小车看，余仕过去拿了银件，"这一件是谁的？"众人尴尬不说，因江太在，江太沉脸不语。

忽听外面一片人声，旗袍领记者们上来，刚已去匆匆看了八娘摔下的地方，其中有几位杜月笙的门生，纷纷到跟前请了安才进洞房。

旗袍向后嘘停众记者，凑近余仕低声一句，"我带他们看看。"余仕不好说什么，加之《申报》《时报》的记者都

　　　　　　　　　豪筵影戏

是熟人，"嗯"地应了，点头和记者们互相打了招呼，看见其中有花绽，一笑，这女记者牙尖嘴利，素来挑剔，余仕早有领教。

旗袍引去看窗户，砰砰一阵闪光拍照，喊喊喳喳一片低声乱问，余仕拍拍身边的方导，说："不如请方先生给众位讲一讲事情头尾。"

"正是，正是。"旗袍将方导请到前面。

"各位，这是洞房，当时八娘、新郎和丫鬟在场，新郎吃了一些点心，里边有不明之物，然后就中毒失去控制，突然袭击八娘，从这扇窗户把八娘送出去。但是刚才经过问询，整个事件新郎什么都不记得，应该是失去知觉了。"

花绽问："失去知觉了，那么新郎所作所为谁看见了？"

"这是一个非常好的问题，答案是丫鬟。新郎袭击八娘之前把丫鬟关在电梯里，丫鬟看见新郎的行动就下楼去找管家，当时我们都在洞房外面，我亲眼看见丫鬟跑到楼下，三楼的烟室，找出了管家，然后打开洞房的门，我们进来看到的就是这样的现场，八娘在楼外的地面，新郎昏迷在卫生间门口。"

公子笑道："面对这个过程，这个现场，各位能想到什么吗？"

"看来食物下毒是关键，这方面发现什么线索了吗？"《申报》记者问。

"正在找。"方导说。

又是一片乱问，余仕烦其不得要领，却见另有记者插话，指一下床上的秀城，"我提个问题，我想问新郎，一定是这位了?"众人称是,"请问新郎先生,吃了食物之后,你有什么感觉?"

"头晕,疼。"

"你丧失知觉之前,知道你中毒了吗?"

"知道了。"

"那你怎样行动?我想问的是,八娘在大烟上老道,一定看出你是中毒了,她没想法救你?"

余仕叹,"果然有人高见。"再看秀城,见他低下眉眼,不答。

余仕挥手,众人让开,让秀城看得见窗户,"你看这窗,血腥,只你和八娘在这里,凶手分明是你,若说不是你,是谁?"

秀城果然皱眉想,摇头,不知是说不是他,还是说不知道。余仕只得又拿话引他,"想一想,不是你,会是怎样?"

秀城拿眼看余仕,想了一阵,摇头,只说:"不是我。"

"这里这么多血,只你和八娘在这里,不是你,是谁?"余仕暗笑,人太聪明,装傻也是为难,我已写了三个木,他却认不出个"森"。

秀城皱眉,不语,转目看后面的记者众人,不看余仕,那一双蓝眼,锐利,他看出我聪明,但是中毒的我,不再聪明。

外面抬八娘的上到三楼,众人出去看。江太也出去,在跟在灵床后面的人里找个女佣,招手叫上来吩咐一句,女佣下去找千金。余仕向门那边看见杜月笙一直在外面,此时站起目送八娘。

余仕向床上的秀城说:"他们在抬八娘,放到祠堂里。"

八娘被人抬，听起来是死的了，沉。秀城作势要起，余仕拦道："等停当了再去不迟。"见他执意起来，余仕忙喊："去叫进两个人来。"

小施出去，领进男女两个仆人。二人进来见是伺候新郎，不愿上前，余仕只得硬硬吩咐一声，"扶你家先生去太太那里。"

二仆听着余仕说的称谓生疏，不得已在余仕面前扶了秀城下床，出去，慢下台阶，跟在众人后面进了祠堂。

余仕冷眼看，还好，不见谁哭天抢地，管家、丫鬟、秀城，都只站在那里，看盖住的八娘。

余仕穿过众人，到管家身边低声道："请带丫鬟来洞房现场。"又向扶秀城的两人挥挥手，自己先回了洞房。

众客三三两两地进来洞房，各找地方，门口那里无人敢站，为的是杜月笙在外面能看见里边的事。余仕知杜佬不进来是江太、洋捕在里边，一个官方，一个租界，多有不便。仆人们也不走，上下站满台阶。

秀城被扶着躺回床上。管家立在那里，不看人，呆呆地看着碎窗，愁容。丫鬟在他身后，低头看地。又见李千金皱眉低目地进来，找见江太，过去挨着坐了。

"各位吃糕得的银件可都还在？"余仕问。

众人有掏出来的，亮给人看，都忙道："在，在。"

还是江太干脆，向旁直问："你吃蛋糕了吗？"千金沉脸，摇头。"蛋糕呢？"

"没动。"

"蛋糕上的摆件呢？"

"什么摆件？"

余仕忙举起，"这个。"

"没看见，我去别处了。"李千金说话，依旧看着江太。

记者们不知蛋糕之事，凑到一处听方导解释。

"李大小姐与八娘，我听闻，似有过节。"余仕说得千金低头扭脖，烦眉躁目起来。"既如此，想是有人借那盘蛋糕放进大烟，在二楼或是三楼截住电梯，放在小车上，和小吃一起上来的。"

千金终于抬眼，瞪余仕，"小赤佬！"起来要走，江太道："不用走。"

"众人一定猜度，小姐有意伤新郎体力，坏八次之数，以解旧恨，故而下毒。"

记者们在笔记本上飞笔记录。

秀城在床上无力道："没有蛋糕。"

余仕听见，问："什么？"

"没有蛋糕。"

"小车上没有蛋糕？"

秀城很累，点点头，嗯，余仕心下一动，似要翻案。

小施突然跑去开收音机，"我是汪润，大欧亚香烟李老板来电，有话要说。李老，您请讲。"

"我是对我女儿讲句话，囡囡，不要走，要把事情说清楚，不要担心，有杜先生在，自有公论。"

余仕听出这是要用杜月笙挡一挡，"晚生乱问，多有得罪，请李老板恕罪。"余仕亮月老给秀城看，"新郎你说没有蛋糕，只有这件东西是吗？"

秀城还是摇头。

"也没有，如此说来，这是事后有人放在这里的，看来，这是借李大小姐之名，投毒给新郎。"

见他仍是懒懒的，余仕道："不行，得把他弄精神，你可能吗？"

鸦馆老板被问，没懂。

余仕说，"把他弄活络些。"

鸦馆老板转看外面的杜月笙，见点了头，回身从徒弟捧的扁匣拈出一粒丸来，"嚼，吃。"扔在秀城口内。

那个记者不甘心，"我觉得问题还是新郎吃了东西以后，怎样了？"余仕知道会有一阵乱问，踱到电梯那边，闭目养神等着众人。

"头疼。"

"然后你马上睡着了？"

秀城费劲嚼药丸，不语。

"看你中毒，没人救你？八娘没救你？"

秀城不语，给记者一个不想说的脸色。

"丫鬟，也没救你？"

秀城不语。

公子也插进来说："这些碟子是谁冲洗的？"

秀城摇头。

公子又问："这根铃绳怎么在床帐上边？"

秀城脸上用劲，想了想，"不知道，不记得了。"

"电梯门口的擦脚垫下面的水是哪里来的？"

秀城皱眉，仍是不语。

公子问："丫鬟说你从电梯出来把灯关了？还撞她？"

秀城烦，摇头，"乱讲。"他觉到脖后热气，应是药丸的药效，躺不住，想跳起来，不行，他让脸平静，如水。

公子追问："那个记者死了，你知道吗？"

有人悄道："说过了，他说不是他杀的。"

秀城长出一口气，恼怒的眼色。

"你拉他走了，去了哪里？"

又有人悄道："他说是为要胶版，照他妹妹的。"

秀城喘息道："我给了他钱，他给了我版，然后就走开了。"他看一眼余仕的侧影，感觉异样，余仕知道凶手了吗？会不会真的知道了？

余仕听着众人问得差不多了，着急翻案，过来，"我问一句，从你那次下楼开始，你第七次下来，先去了哪里？"

秀城用力想，余仕忙提醒，"你最后单独下来，八娘没和你下来这次。"

"那次下来，我先去厨房，叫他们做面，吃完了，我有事寻管家。我寻了一圈，最后是小铃铛说管家在三楼，上去替我找管家下来了。"

余仕看向管家，管家闷闷地点点头。

"而后？"

"我向管家说完事情……"

"在哪里说的事情？"

"二楼楼梯那里。"

"那时还有谁在？"

看着余仕，秀城放心了，能问到这个细处，真是神探，

豪筵影戏

"没有别人，小铃铛跑下来，告诉我说管家下来了，我就迎到二楼。她跟着我，"秀城看一下丫鬟，"只有我，她，管家大哥。"

"你向管家说的什么？"

"我之前说好要几块银圆的，给陆记者。"

"嗯，而后？"

"管家给了我银圆，我就下去，到外面坐了，然后，你也在，客人骂我，然后，"秀城用眼睛找见江太不远的申英。

"对，申老板动手。"

"然后，我看见陆记者，就拉他到没人的地方。"

"哪里？"

"大厅里那边拐角。"秀城手比画一下，看着说的是回廊。

"而后，你第八次上来，怎样了？"

秀城低头不愿说，"没怎样。"

余仕手杖敲地，等秀城看他，才问："你从电梯进洞房，看见八娘在哪里？"

秀城低头。

余仕看着秀城，半晌，转问管家，眼看着丫鬟，"她看见八娘在哪里？"

管家比画问了，丫鬟指床，八娘坐在床正面。

"八娘坐在这里？"余仕回头来问秀城，"你不说话，我知是为什么，因你进来听到了动静，水声，那里边的洗澡声音。"余仕指浴室。

众人都呆住，不懂余仕说的什么。

"我见浴池底下溅的水珠，有人放水，给你进来时听见，哗哗水声，容我相告，你那时耳听的是空放水，专为骗你上当，屏风上不见有水珠，没人洗澡，只为给你听水声。"余仕嘴角讥笑，扬眉，"故而，仍是那一问，你见自己中毒后，因何爬到这里？"

秀城浑身热，垂头不看余仕，你知道了，何必我多说。

"那就奇了，你中毒却爬到这里来，这是一奇，"余仕在浴室门外，指门口地下。"如今一再问你，你断然不说，此事更奇。"

众人静，都在思索。

"最后一问，第八次上来后，有铃命管家伺候抽烟，是谁拉的铃？"余仕看秀城，又看丫鬟，管家比画问了丫鬟。

都是摇头。

秀城让自己沉下心，看余仕的神情，他知道了，知道了一切，但是，是一切吗？他的笑藏着什么？

还不见翻案，余仕转脸看外面，洗版的先生挑着刚洗出的版湿淋淋地从台阶上来，忙出去迎住，小施钻人缝跟来。那人将洗出的相片夹在一个个夹子上，用一根杆横着挂住，余仕一一看了，果然和胶版上铅笔注的对应，那张撕开曝光的，洗出来一片污白。

余仕道谢，拍拍旁边围观的，请让出地方，将杆子搭在楼栏和杜佬的桌上。

杜月笙仰脸问："清楚了吗？"

余仕躬身回说："清楚了，只是应有个机关，还不见碰到。"

"那怎么办？"

　　　　　　　　　　豪筵影戏

"让洋人带新郎走，看看怎样。"

杜月笙点头，四顾，不知找谁去和洋人说，万墨林等人不会说洋文。余仕向小施说："烦请你告诉洋捕，叫他带新郎走人。"

小施忙又钻入人缝，余仕跟回去，见小施与洋捕说了几句，洋捕从椅上起来，向秀城勾勾手指，身后两名越南捕快已去等在床旁，小施告诉秀城，法国人可以带他走了。记者们听说，手快的跑过去一把抓起电话，跑后面的排队等向报社发稿。

秀城愣了愣，明白了，掀被下床，两个越南人左右架住，余仕拄杖向秀城笑，道："今日我不来，就会是这样。"无人明白余仕说的什么，秀城隐约知道，他是说，现在为止的一切都是假象，他已经成竹在胸，将要魔术揭幕。可是，他的笑里一直似乎还有别的东西。

秀城不走，站在那里向管家说："麻烦把戒指给我吧。"

管家愣，众人静。

"什么？"余仕问。

"那个戒指，我后来托给管家大哥保管。"

余仕看管家一脸懵，登时想起八娘那声"你呀"，不由"呵哈"一声，"果然翻案，消息在此！"伸手拦住洋捕，示意放了新郎，两个越南人松手，秀城累，原地坐回床上，心里已是一惊，为余仕"呵哈"那一笑，这笑里藏着的东西，别的东西。

"今日既然我来了，那就变一变样。"余仕向门口人说，"叫个女仆进来。"这才转向管家，"他说把戒指托付给你了，你怎么说？"

管家两眼无神，皱眉摇头，"没有。"

有人从外面台阶下边叫进一个女佣，余仕一指，"你去，将她的衣兜翻一翻。"女佣见指丫鬟，便去跟前伸两手到左右兜里去翻，果然右手出来张开，亮出三个东西，折成两截的细烟嘴、八娘的红宝石戒指。

余仕见了烟嘴顿时泄气，不由手杖顿地骂道："该死，该死。"

公子喊说："我说什么来的，我说什么来的，明白了吧？"

众人都没反应，方导愣，问："明白什么？"

公子指管家，"他！加上这哑巴丫头，两人配合作案！还不明白？这贴身丫头是关键人物，管家为了求她配合，用戒指贿赂她。"

众人看向管家，只见他和丫鬟都脸上恍惚。

记者们回来，正打电话的也忙向电话里改口。记者们问余仕："管家是凶手？"余仕得意地一笑。

"可是，这两人当时都在下面，怎么作案？"有记者轻声道。

"那不难……"公子说。

女佣拿着戒指、烟嘴不知交给谁，余仕从小车拿个盘子接了。

公子想了想，猛地说："床单！顺着床单可以从楼下爬上来！"

秀城轻蔑地叹气，笨蛋，等看余仕怎么说。

记者们去看床单，方导说："可是，街上的人能看到的。"

豪筵影戏

"只要街上出事分散他们注意力就看不到了，刚才院子外面一定出过什么事情。"

记者们扯扯拽拽床单，方导问他们外面出过什么事情，记者们摇头，没有过什么分心的事，如果有人从床单爬上爬下肯定被看到。

众人一片议论，说着说着没了兴头，觉得全说的不得要领，静了，都看余仕。

第 六 章

推理：层峦叠嶂之局

揭幕时分，余仕扫视一圈，屋里屋外足有三四十位，只是，余仕只把几个人看在眼里：江太仍坐在那边沙发，旁边坐着千金，申英靠墙立着。这边秀城看是得等追究明白，一时不必走，疲累坐不住，躺了回去。丫鬟冲管家拍衣兜，看着是解释戒指，她不知如何到她身上去的。管家不看丫鬟，垂头站在那里，对着一根床柱。余仕顿时暗笑，管家这是堵着新郎，随时拼命，小童靠门站着，洋捕带两巡捕立在床边。

余仕将眼定在管家脸上，众人都看余仕。方导早将公子按住不再乱说，小施拽线跑到跟前，将话筒举到余仕下巴。

"诸位，上海滩等了一天，八娘真就死了。余仕在场也没挡住凶手，显见凶手看不起余某，不过，在下已事后诸葛，洞悉其奸，凶手的作案辙道，草蛇灰线，历历在目。

"说起今日之事，别处倒还平常，我最喜这烟缸，好一个留白，如惊鸿一瞥，令在下振奋，可惜，只是一瞥，怎不叫人怨愤？

"诸位请想，这些盘子洗得尚有其因，为的是洗去烟毒所在。洗这烟缸，却是为何？"

秀城似是鸦馆老板的药力初现，眼睛亮了些，望余仕，看他说得自信，如同亲眼看到一样。

"再看这窗，碎得奇怪，抛杀八娘，从那边阳台下去岂不轻省？即使这里，为何不拉开窗扇，非要撞碎窗户？说是中毒乱撞而碎窗，可据我看，无非是为一个。"

秀城心中夸一句，余仕的棋上道了。

"新郎告诉我，记者陆舟曾找他说风水，床靠窗伤阳气。想必新郎怕自己力将不逮，恐难完八次之数，因而信其所言，让八娘叫人将床搬回原地。陆舟诓骗新郎，何意？"余仕手杖在电梯门上敲点两下。

电梯上边门缝忽地涌进一片水，淌在玻璃上，顿时清楚看见电梯里罗马的脸。余仕的手杖从电梯门转而一指婚床。开门，罗马手里举着瓶铲，众人顿时明白，"偷拍，色情拍照。"

余仕笑问："如此可知，陆舟被杀，他拍到了什么？"

"床上的八娘和新郎？"方导说。

公子不屑，胳膊碰他一下，"肯定不是。"

"八娘被他拍到，会杀他吗，一个耳光将胶版夺过来就是。"

"新郎杀他？"记者问道。

"新郎怎需管他，听由八娘处置他就是。"

众人一时想不明白。

"那么，他拍到的是谁呢？"余仕两手拄杖，仰脸看房顶，"我入府后得知八娘与今日光临的一位诰命夫人，不仅如手足，也共靴帽。"沙发上的江太张大眼睛，似惊似怒，余仕仍望房顶，"更有，烟缸，请问，今天的客人中谁抽的烟个色①，

———————

① 个色：特殊。

豪筵影戏

如通灵宝玉，令人睹物知人，一见便知是谁？不错，还是那位诰命，只抽骆驼烟的。"

江太两眼放光，"瘪三，把话讲明白！"

余仕仍带笑说话，充耳不闻，秀城却惊了一下，然后平静。

"冲净之前，烟缸里有什么？一支燃着的骆驼烟，长烟嘴。"余仕张手，两截烟嘴落在烟缸，不看房顶，改看秀城，"新郎有奇志，要开出差公司，他有买汽车的钱，八娘给；有开车的人，府里的司机帮忙找；还需有执照……"余仕向门外招手叫司机进来。司机见余仕正得罪江太，不敢听余仕的，倒是公子硬气，出去拽进来，让他立在当地等问话。"新郎知道，执照只有从诰命那里出。然后，猛不丁的，执照有了，因此，陆舟拍到了什么？"

余仕问司机："今天，新郎曾要你帮着找人做出差公司司机。"

"是。"司机只得回话。

"说了几次？"

"三次，好像，三次。"

"为什么说了三次？"

"前两次说了，但说'不急'，第三次才定下的。"

"那是什么时候，是今天八次洞房的第几次？"

"最后一次以前。"

"不错，第七次之后。"余仕拍拍肩膀令司机退出，"诸位，小可大胆妄猜，想必是洞房这里发生了什么，怎么之后新郎就确定执照到手了？诰命觊觎新郎，执照如何到手？自然是成了那一桩好事。好仗义的八娘，雪中送靴，洞房让床，哼哼，陆舟拍到的是这床上的新郎与诰命。"

"放屁！"江太怒喝。

有客人缩肩咋舌，悄声，"八娘如此雅痞？"

余仕指头一竖，"诰命果然否认，这就是凶手作案的依靠。"

江太怒目，正要有狠话出口，余仕踱到远处，"容小可问一句，第七次洞房之时，众位有谁看见诰命在哪里了？"

众人不敢说话。

"没人看见，那时候，诰命遁形远世，不在你我俗众之中，去了哪座仙山？"

"混账王八蛋，谁不知道我去换衣服。"

"确实，可又不确定。那时候，可有人在跟前服侍吗？"

江太瞪眼，一时无语。

秀城在被子下面掐腿，用力，"余先生错了，没有那样的事。"

余仕不理秀城，"跟前无人，诰命那时在哪里，不可确定。"

秀城喘不过气，怕，余仕在准备将军，一步一步，直奔敌宫。秀城平静自己的呼吸。

江太被堵，气得开骂，"你算什么东西！竟敢欺负到我头上，小心你的狗命！"

江太话音未落，花绽不耐烦她，直接提问，"余先生，你说来说去，你在指谁是杀陆记者的凶手呢？"

"如此，是谁非得杀陆舟？是诰命？何用小题大做？诰命

豪筵影戏

看到他拍照，耳光都不必打，张手要过胶版就是。如此，是谁非得杀他？"

江太仍怒，找不到机会发作。

秀城坐起，双手合十作揖，向江太："夫人因为我和八娘受冤枉了，八娘和我都不安，八娘虽然不能说话了，我代她向您赔礼，请夫人忍一忍，不会受屈到底的，冤枉不会白受，不会白受。"

余仕初听秀城这话，莫非这是威胁余某？想想才又笑了，不再理睬，顾自说下去。

"新郎中毒惊疯杀人，按此纵观全案头尾，找一找与此不相合之处，确有一处不合，盖头堵嘴。新郎中毒惊疯，疯闹疯杀，可堵嘴乃小心谋算之举。疯闹者怎会堵嘴？因此再看这窗，不是疯闹。若是出自谋算，精布巧设，碎窗，染血，是为什么？"

"为表明新郎疯了？"方导说。

"新郎中毒失智，众人都已得见，是确凿之事，何用多此一举。"余仕拎杖走近窗户，"不走阳台，不开窗扇，非要撞碎这窗，乃是因这祸窗，凶血，夺人眼目，分明这是以此告诉人，凶案事发在此，'此地有银三百两'，如此，那真情无非是，凶杀不在这里。"秀城心揪着疼，余仕确实发现了，发现了真相，真的真相。

公子要抢话，余仕不睬，"故而，遂请洋大夫验看八娘，口内果然找到一处刃伤。我作此想是因八娘皮肉未见血流如注之伤，如此，碎窗这里的淋漓之血是哪里来的。足见是有人暗从八娘口内取血，涂在这里——八娘出事，不在这里，此乃其一。口内取血，堵嘴做什么，为免血淌在地上。这里乱撞乱砸，淌血在此，岂不应当，足见是在别处刺破取血，那一处地方雪白干净，若见血迹，便露了真相——八娘出事，不在这里，此乃其二。既如此，不在洞房这里，那在何处?"

"烟室!"公子早着急不耐，喊说。秀城皱眉，感觉不好，预感不妙。

"这个位置下去，除了这里，只有三层的烟室可捽人毙命，此乃调窗计也。不错，烟室。如此，凶手不是新郎，是谁?"

众人齐看管家，"不错。"余仕踱向管家，"你，管家大哥。此乃调窗计，以三楼的窗行凶，却引人误为四楼。从容刺口取血，显见八娘已然晕死过去。如此方便凶手摆布，不干脆刺死，反倒费力抬起扔出窗外，为何? 因下面地上是三四楼都可到达的地方，此乃调窗计也。"

小伙惊喜，在陈秀龄耳边，"不是他!"陈秀龄睡了一般。

"如此再看，为什么杀陆舟? 只为在这里他拍到了诰命。调窗作案，依洞房调包而设，因此，调包之事必得天知地知，守住秘密，滴水不漏，才可行事。管家押宝在诰命矢口否认，果然，他押对了。婚礼前你知八娘与诰命有换位调包安排，生出调窗计，此计若成，必需当事人自封其口。八娘死而不能开口，诰命自保，自然不加声张，还有新郎，他一心为得执照，必得护着诰命，更是不敢泄露。如此，管家你本已大可放心，你却更煞费苦心，写了字条，在电台里举报申老板，为的是施压诰命府里的老爷，夫妻争闹中诰命惹麻烦亏心，促她越发不敢暴露曾去四楼。

"洞房调包,当事三人都不会说,但陆舟的口难免漏风,且他手里还有一张相片,散布出去,你调窗谋杀就必败露。因此再看,陆舟拍了这床,床上却是诰命,只有你,管家,施调窗计者,会为此杀他。"

余仕见管家一直沉脸不语,只得顾自说下去,"八娘与诰命关系紧密,互通有无。一对新人第七次去洞房,八娘在三楼离了电梯,想必巧笑、捏脸之类暗示新郎,自己去烟室,任由新郎由丫鬟陪着去洞房。"

"我明白了,我明白'刺客'是怎么回事了,"公子又有发现,"刺破衣服,为的是以等衣服为借口,从大家眼前走开,上洞房。"

余仕因见江太不再拦骂,心里一笑,"新郎上来洞房,撞见诰命在这里,红烛影动中顾盼,知子之来之,求之不得。"余仕胡乱引经据典,说得兴奋,手杖点地,来回踱起步来。"新郎一见便知是八娘的意思,不知有过挣扎没有,末了,只得从了。"

余仕手指了指丫鬟,"这里有个碍事的,诰命一定挥手赶过丫鬟,但丫鬟怕坏了八娘'随身'之命,不好走开,诰命只得罢了,而后,关灯。

"抹黑行事间,忽然电梯闪亮,声音震动,床上诰命倒不惊慌,丫鬟这里忽觉到不妙,着急要告诉管家,这事不在意料,后果不好。幸亏新郎这里也有事要见管家。

"离开洞房时,必是新郎带着丫鬟先走一步。新郎下楼找管家不见,先去吃面,回头出来又找。"余仕在管家面前立定,眼睛却看小童,问道,"拉铃绳子是不是也通烟室?"小童点头。余仕向管家道，"新郎找你，听小童说才知你在三楼'点烛上供'。你与八娘早有默契，八娘把洞房留给诰命，自己去了烟室，在烟室拉铃命你上来，不说伺候抽烟，只说'点烛上供'，为的是不传出去被人笑话说八娘体力不支，以大烟续力，因此小童传令'点烛'，你便直接去了烟室伺候。"

小施抱歉举举手，从余仕脸前收回话筒又跑去开收音机。

"余先生，余先生，我是汪润，很多听友来电表示管家没有碎窗时间，进而怀疑余先生对管家是凶手的推断。我们理解，按余先生的推理，管家是在三层抛下八娘，在四层窗户上做的假象。可是管家在什么时段制造的碎窗假象呢？"

"铃响七下之后，小童上来祠堂找他之前。"

司晋龙的声音，"啊，这里有个空当，多长时间，貌似时间不长。"

"一顿面的时间。"

"一顿面？"

"新郎讲过，他第七次下来，找管家要大洋，一时找不见，先去厨房叫了碗面。"

"这能有多长时间，七八分钟？"

"十分钟吧，时间上应该够了。"

"勉强够，砸窗户，洒血，还有什么事来的？"

"一时想不起来，都是细碎的事，反正十分钟时间足够了。现在插播新闻。"

温软女声，"冬宫赌局尘埃落定，本台收到多起参赌者跳楼的报告，华界、租界当局劝告大家，钱财乃身外之物，各位当以性命为重。"

豪筵影戏

花绽问，"是我没听懂吗？八娘不是'第八次'被杀的吗？提前碎窗，新郎第八次上来，窗户异常不会被他发现？"

"拉上窗帘就是。"余仕示意，旗袍过去伸手拉帘，果然盖个严实。

见没人再问，记者们都催，"余先生请讲下去。"

"话说回来，烟室里的八娘听到话匣子说新郎已到楼下，遂拉铃七下，管家不知何意，但必是心惊肉跳一番，幸亏晚一步，没早动手。他从门缝看见诰命从电梯里下去，回头才开始动手。他在烟里做了手脚，将八娘毒得晕死过去，在八娘嘴里刺破取血，端了上来，拉开窗帘，砸窗涂血，然后打开浴缸的龙头，点烟放在烟缸，将窗户碎片带下烟室。将银佬和戒指放在和丫鬟约定的暗处。这时才去祠堂点烛上供，正巧小童上来替新郎找他。

"新郎着急，便去迎你，偏在二楼拐角无人处遇上，向你要了大洋。却不料这无人处方便了丫鬟，在新郎身后几下手语，将陆舟洞房偷拍之事告诉了你，你顿感不好，却也无计可施，当时只想许以重利稳住陆舟。谁想，新郎向丫鬟写字引来暴打，你忙于平息乱子，事后意外发现，此乃千载难逢机会，顿起杀心，因新郎刚才脱开'随身'，拉走陆舟，而有行凶之机，正可陷害给他。你寻机引陆舟去了后面，一击致命。

"如此，砍去了陆舟节外生枝，一切仍照你定的戏码行事。第八次新郎上来，诰命已走，新郎不必为诰命瞒而不说八娘不在洞房，怎么办，如何使新郎闭嘴？管家有智谋，让他进门便听见浴室水声，又让他见这里烟缸横着燃尽的烟头、烟嘴，自然以为诰命还在，他必是小心噤声，因而绝口不提八娘此时不在洞房。随后，新郎中毒，行凶大戏开场。

"余某一直不明白，谁，为什么发这杀人预告，此时才得顿悟，四楼这里全仗丫鬟配合，你发杀人预告就为促成丫鬟随身新郎，此刻她才好在洞房，你俩三层四层上下其手。

"丫鬟拉铃命你伺烟，新郎中毒地上翻滚求救，丫鬟不理，反将铃绳扔在帐顶，使他不得向下面求救。等见新郎中毒已深，丫鬟开始替你一一行事，请容我说得琐细：丫鬟替你拉开窗帘，亮出碎窗；沾一点血涂在新郎手上；收下戒指，放下银佬在小吃车上，冲净盘盏，她多手，连带冲了烟缸，她本只需收起烟嘴就好；关上冲澡的龙头；最后要紧的一步，跑下去，当众敲开门，你只需在她拍门时抛下八娘，扔下窗户碎片，掸一掸手，开门，令众人看见，八娘四层坠楼，你不在场。然后引众人进到洞房，看新郎惊疯所行的满目狼藉。"

众人看管家，见他拧眉垂首使劲摇头。

"非也？八娘死，必须陷害给新郎，这万贯家产才是你的，可惜，新郎无害八娘之心，更无害八娘之行，没有把柄供你陷害。你只好陷他杀害八娘是出于无心，你陷害他失智杀人。中毒失智，毒从何来，你陷给了千金，众人看是她旧账重提，坏八娘的好事，有情有理。千金下毒引发了新郎无心之杀，众人看起来严丝合缝。"

"新郎表现太奇怪了，施广学，你问一下余先生，新郎为什么这样。"

"余先生能听到，汪润，你请问。"

"余先生，我是汪润。我想问，明明八娘不在四楼洞房，新郎为了执照连性命都不要了，至死不说八娘不在场吗？事关生死，命都没了还要执照干什么？"

"事关生死，新郎当然会说，可新郎需先识破调窗，才知说与不说事关他的生死。"

"啊，啊，好像明白了一点，明白了一点。还有一个问题，是听友提出的，余先生请听。"

"余先生，我发现有一个地方不对，丫鬟紧跟新郎才能像您所说的那样作案，可是这是新郎自己的主意，而且是在今天才说的，管家怎么可能这么快就设计好，并且和丫鬟通气？据我回忆，今天管家没有和丫鬟这样说话的机会。"

"不错，汪先生，这位打电话的先生高见，即便今天没有猜中，建议贵台也给奖励。'丫鬟随身'看是新郎的主意，但余某当时看到新郎举棋不定，偷看八娘的意思，显见这是八娘的主意。若是八娘的主意，管家当然早已知晓。"

"谢谢余先生，您请继续。"

余仕被打断，回过脸仍对管家，沉了一阵，"如此，你怎样看，还有何话讲？"

管家烦，摇头，"不是我。"

"好，若说不是，我且问你敢不敢去烟室取一两样物证上来？"

秀城的心晃动，想要再叮嘱一遍，忽在床上说话："管家，我不知道余先生断案对不对，是不是你，如果是你，我想告诉你，你真是糊涂，你没明白我，钱财有你的，我不为财产，你们没人信。长长久久，我一直要的是长长久久。"

话又说得突兀，余仕的劲头被打断，呆了一呆，不由一笑，仍找回话茬，盯问管家："你说我说的不是，你可敢去烟室，取一两样物证？"

管家只看余仕，不懂。

余仕到门口，"杜先生，有请这几位陪管家下去，到烟室看看。"

杜月笙点点头，身边的几条壮汉过来等着。余仕向管家伸手，"有请管家到烟室走一趟。"

管家僵硬，看一眼秀城，向外去，几条壮汉跟他下去。有客人好奇也跟下去，小施早到三层阳台取了话筒，拽线跟进烟室。

余仕踱到阶前，听着门开了，向下问道："请问诸位，可看到什么？"

好一阵，才有人回来，在阶下仰头回话，"没见到什么不应该的东西。"

"那就有劳各位动手，抬起烟榻！"

片刻，听得人喊："有了！"

有人跑来，手托着上来给余仕看，手上是一只锤头，一根铁签。余仕从旁边桌上拿过一只吃光的盘子，接着，在眼前细看，拳头大小的锤头，有划痕，手掌长的铁签，尖头有刃，都还干净。

管家被簇拥上来，余仕笑道，"管家，证物在此，你谋杀家主，有何话讲？千金下毒致新郎中毒疯杀新娘。如此，女角儿死，男角儿获刑而死，财产归你。想得周全，以为可以结案了。"

管家不答话，闷头上来，从盘子里一把握住铁签，撞开余仕，冲进洞房，转扑向床，直奔秀城。余仕没料到这手，盘子摔在地上，眼看拔脚来不及追，只得大叫一声。洋捕一直半懂不懂，等最后看哪个是真凶交他带走。此时见管家持凶器扑向新郎，忙命拦住。床边看守秀城的小个越南巡捕拦腰抱住，和管家滚在地上，两个越南人合力按住管家。

下人们不顾规矩，挤在门口，面目惊慌，且有不忿。小童看管家，眼里涌泪。方导推开下人，拽进摄影师，指着挣扎的管家要开机。

"我不来，就是那样。今日我来了，才是这样。擒管家，破碎窗计。"余仕背手踱步，笑道。

折腾间，洋捕嘴里说话，四处看人，似在问话。小施点头，不忍地指指丫鬟，告诉洋捕两人合谋行凶。洋捕掏出手铐，弯腰给管家扣住。余仕指指掉在地上的铁签令人捡出去，朗声一笑："你不服气，我且问你，你听小童传令，八娘命你上来烟室，你怎么样了？"

管家头被按在地板，拧着脖子，喘气。小童抹泪，冒出一句，"他去烟室了。"

余仕向江太那里瞄一眼，见她竟然不动声色稳坐，不由叹息，如此贵妇也是好色轻义之辈。回来仍对管家说话，"这个时候，厨房出来人追你，说了什么？"

"是花生酱吗？"女佣怯生生替管家说话。

"不错，八娘花生忌口。你听说小车上放了花生，怎样了？"

"要去追回来。"仍是女佣替答。

秀城心发紧，还有这事，难道是那种意想不到的事？干事不是下棋，有的事不在棋盘上。

"不错，我见你毫不犹豫直奔电梯，是也不是？"

"是。"女佣不知该不该说，只得答道。

原来如此，秀城顿时明白，余仕在追究什么，他果然是看见了，更深的。

"调窗计成，必须三楼四楼泾渭分明。你此时上去洞房，新郎已然吃毒，如是毒性发作得快，他开始疯闹，你正在场，如何解脱嫌疑？再要下到烟室抛杀八娘，谁还会认为你一直在烟室绝无洞房行凶机会？奇的是，女仆追你说了花生之事，我亲眼得见，你想也不想就奔电梯，已将升走才被拦下，这是何故？哪里是调窗之计的气象？请问管家，如此行事是何道理！"

余仕回身，笑看秀城。

秀城已惊，闭目，半天才睁。月亮上的兔子，远了。

"恭喜新郎，大事已成！大人，你唤小的来办的事已然办妥。"余仕笑道，"事已办妥，只是，你今日用杀人预告唤余某来，既然余某来了，事就由不得你了。掉包、调窗，都不曾有，通是子虚乌有，你凭空布下迹象，引我自作聪明，罗织出一幕暗场大戏，栽给管家。"

八娘的手从秀城脸上滑落，她在看他，笑着看他，他却在看余仕，只是看，没有恨，没有责怪。他和八娘白死了，因为这个人。他有一丝悔，不该引余仕来。

余仕手杖指床，"没有调包，八娘一直在这里。"甩杖又指碎窗，"没有调窗，八娘就抛自这里。"

众人尚恍惚如在雾里，还没彻底明白。

余仕向秀城提提小帽，"你用这碎窗点拨在下，循着你安置的蛛丝马迹落你陷坑。你请君入瓮，知道我逞强好能，故意留下疑惑，引我知难而上。就如这烟缸，只冲一下放在这里，空空如也，我却无端添上烟灰，再添上烟头、烟嘴，更添上骆驼牌子，"余仕指床，"被你用一只空烟缸，指我看到这里有一个诰命。"

众人脑筋转过弯来，都被棒喝了一般，屏息静听。外面的杜月笙被人挡着看不见，听见里边突变，兴奋地坐直赞许，这个余仕有脑子；江太心被揪了一下，仍不动声色；管家脸贴地板，知道这下八娘不会白死了，全身瘫软；记者们兴奋，又见奇案。

"余先生，"小施向那边示意，旗袍帮忙开了收音机，"汪润，你请问。"

又被打断，余仕看在一千大洋的分上，只好听着。

"余先生，这一切是怎么回事？是我们没听清，没听完整吗？刚刚您说管家借助上下两个窗户同样位置作案，是这样吗？"

"是。"

"现在您好像突然锋头一转，指向新郎了，真正的凶手是新郎吗？"

"不错，他蓄谋多日，就为今日婚礼之杀。"

"那刚才余先生侃侃而谈的那一篇指证是什么？"

"那是新郎因指见月，指给余某看的镜花水月。"

"一切都没发生过吗？"

"是。"

"嗯，嗯，我都不知道该问什么了，我们不太明白。"

"容我问一句，我是司晋龙。余先生，我们刚才听得精彩，余大侦探如解牛一般，已完成此案，现在是峰回路转，更上一层楼？"

"不错。听友老少不要迁怒余某，在下已然提醒过，此事层峦叠嶂，恭请众位猜凶前三思。"

下人们壮胆进来，要去扶起管家，洋捕以为合伙闹事，吼住，公子忙上前讲明凶手换人。

"余先生，司某要问的是，真凶新郎是怎么做到的呢？"

"因指见月，他露一露手指而已。"

"余先生请讲。"

"因指见月，他布下记者陆舟之死作指，引余某见洞房调包，用调包作指，向余某印证调窗。再有，最显见的，他用这碎窗作指，引余某看见三楼的管家。"

"那位姓陆的死者拍到的就是八娘，不是贵妇？"

"哪有偷拍，新郎只撕开一块胶版，逗引我无中生有。"

"请余先生详细讲讲。"

"他在陆舟尸体旁边放下一块撕开的胶版，余某必然想陆舟因这胶版而死，必然猜度这胶版拍了什么，而后，便见到他放下的这瓶、这铲，将余某引到这门。

"他先示意我他急需出差执照，然后巧言示意我，八娘、诰命乃同靴好友，又几次同司机说话给我听，让我猜他执照一直没到手。直到第七次完后，逗弄我猜他已打通诰命关节。这是用瓶铲引了余某到电梯门，而后，又叫我在门这里，隔窗看见床上的诰命。

"因指见月，哪里有月？众位看到的是什么，就是什么；

碎窗在这里，就是事发这里；撕开的胶版空白一片，就是空白一片；这里的点心小吃就是点心小吃，都如这空烟缸，空的就是空的。

"新郎布下草蛇灰线，猜度我好大喜功，文似看山不喜平，明明看到这里碎窗，却偏想另有别处——新郎青目，看我聪明，知我必是自误，真事浅陋故而不见，假语深奥所以执迷，用预告引我来替他按图索骥，挖坑埋人。"余仕笑看秀城，"天生我才必有用，只是，我才只可为天用。你失算了，余某既被你招来，就由不得你了，哪怕不为别的，只为一小口恶气——空烟缸本已够用，做什么非要弄一个烟嘴出来，分明看不起我。"

秀城想小妹，哥哥不在了，不知她今后会怎样。余仕的声音远远传来，"今日之局，没有我在，就是你中毒疯杀收场，引了我来，若如你所愿，本应是管家调窗谋杀收场，可我既来了，真的好大喜功，少不得显一显手段，将你这三层幕布一并挑开，给上海滩老少开眼。

"不错，你撑了三块幕布。你直入府来，众目睽睽，八娘若死，必都认定你是凶手，所以你忍辱负重，任人猜疑责怪，只等时机，幡然一变，将浑身的嫌疑甩给管家。幸亏管家与八娘有旧，若八娘无亲无故，没有遗产牵扯之人，你倒无人可以陷害了。"余仕凑近，手杖在秀城眼前来回扫两趟，"怎么样？你棋术高妙，见一步观十步，话已至此，你早应管中窥豹，还用我说个完全吗，莫不如，投子认输①？"

---

① 象棋认输方式，把被对手吃掉的棋子放回棋盘。

秀城被扰怒，抬眼，一笑，"奉陪，直到最后一步。"

"好，那就复盘，看一看你我输赢在哪里。"余仕兴奋地甩得手杖呼呼生风，旁边人忙躲。

"你直捣黄龙，披着嫌疑入府，安下巧机关，志在必得，既杀八娘，又全身而退，说起来容易，做起来却难，你需张起三层幕布。你害命得财，必得将'害命'陷害给管家才可得财，因此编出管家杀人的戏码——可若管家杀八娘，必定陷害给你才肯杀。不然，八娘死，你得家产，管家杀人说不通，故而，你编的戏码不单是管家杀人，还得加上管家陷害于你的戏份。余某说的是也不是？"

秀城淡然一笑，"架炮将军，刚会下棋，和电台里的人不相上下。"

"你既首肯，且听下文——需有'管家陷害'，因此，八娘横死，我等众客看到新郎中毒惊疯，失智杀人，这是第一层幕布上的驴皮影戏，谁看都知是假戏，只等撕开幕布。你引我来，就是为你挑落这第一层幕布，露出后面的管家。

"如此，看似管家操纵你新郎演了一出惊疯之戏，这是第一层；管家的戏码都是我上你当，无中生有而来，看似我把管家挑着在幕布后走了一趟调窗好戏，这是第二层。我被你操纵替你指凶管家，这是第三层。你这厮算计精到，一步一步，弄我如棋。"

秀城眼带笑意，不作表示。

"如此一来，余某不得不夸口，在下需得在每一处迹象上看出三层意思。就如这碎窗，第一层意思是'新郎惊疯'，他在此布下迹象，招呼我去看；第二层意思，八娘头上身上少

豪筵影戏

伤，窗户这里却多血，引我想此处是皮影假戏，引我看'管家布置的新郎惊疯'这第二层幕布，可惜，余某过犹不及，刹不住脚，直接撞破两层幕布；第三层，才见真相，新郎布置的'管家布置的新郎惊疯'，听着已是绕口，足见你当初构陷劳神。"

秀城忽然笑道："余先生不吹牛了好吗？咱们复盘吧，我先问一下，谁发的预告？"

"你。"

"我，你不再说管家了？"

"预告乃作案门户，由此铺展作案脉络，当然是你这个真凶所发。"

"我发预告有什么用处吗？"

"为叫丫鬟跟你形影不离。"

秀城寻见丫鬟，见她满眼是恨，她不知道，为了她，他舍弃了这座楼——下南洋，把小妹留在那里，他回来自首，从狱中替出他们，不为别的，只为丫鬟好看，像小妹。

"余先生可笑，我一个凶手怎么要人跟在身边？"

"有丫鬟在旁，你的婚礼之杀才可成事。"

秀城一听此话，知余仕已扣住窍要，便故意不语。

余仕本等秀城逼问捧哏，借势登高侃侃而谈，却被他闷然撤了台阶，幸好话匣子接了话茬。

"五条真是思路不同常人，凶手不偷偷摸摸，反倒要人跟着监视。"

"司先生，那边应该听得见。"

"噢，那我问一句，五条先生，新郎行凶为什么不背人？"

"新郎必须如此，请想，如果丫鬟不随身，会怎样？"

"不随身？我想一下，不随身新郎，那就像正常主仆关系，服侍八娘去呗。"

"不错，丫鬟随身服侍八娘。如此，新郎的谋划便失去梁柱，搭建不成。"

"怎么？"

"随身服侍八娘，丫鬟所在就是八娘所在，新郎向我因指见月指八娘在三楼，我虽愿信，可丫鬟分明身在四楼，他如何大变活人，把丫鬟从洞房变去烟室？"

"嗯，果然是，不错，果然这样。"

余仕回身对秀城，"除此之外，丫鬟跟在身边，于你更有大用，替你制造抛杀时机，她急找管家求救，拍门为号，你从这里话匣子听到，你杀八娘，今天等了一天，就等这几秒钟的时机。新郎你这一步棋，我看得是与不是？"

"余先生说丫鬟去寻管家是关键，可是丫鬟去哪里，我怎么能做主，我能万无一失使她去管家那里？"

"你正因此用电梯将她因住，这一步你也想得高明。我说的是与不是？"余仕一笑。

"余先生棋臭，咱们两个也许想不到一起去，所以，还是余先生说出来我听。"

"你把丫鬟因在这里，为让她眼看你中毒惊疯，搂着八娘打闹。见你有伤八娘的势头，丫鬟才会去烟室拍门求救。倘丫鬟见八娘没有危险，电梯下去，丫鬟仍会原路上来。不去烟室拍门，你如何准时抛杀，陷害管家调窗谋杀？"

"高，晋龙先生，余先生这里想得精妙，新郎必须让丫鬟

豪筵影戏

看到八娘处境危险，才会去找管家。"

"故而，有'随身'，才可见第一层皮影，中毒疯杀；才可有第二层，陷管家、丫鬟合谋作案。"

"'随身'是谁最先提出来的？"花绽问。

"自然是新郎。"

"可是余先生刚才说新郎当时举棋不定，偷看八娘的意思。"

"这还用问？新郎当时明明是自己的主意，却也需扭捏作态，推给八娘，这才令人想到是管家背后出的主意，更好陷害管家，是管家预先定下'随身'，方便据此筹划调窗之计。"

"五条分析得明白透彻，请继续。"

"再有这里，冲盘洗盏，看似洗去有毒痕迹，实则为洗去无毒痕迹，免得事后有行家来追究查验，查出小吃无毒。"

"可是他为什么要把小吃统统冲掉，没必要吧？"

"他要陷害管家就需如此。"

"怎么？"

"管家下毒，满桌点心新郎会吃哪一个，管家如何知道，只得每个都放毒。故而，新郎陷害管家就得做出小吃个个有毒的迹象。"

"对，余先生，我还有个问题，有一个地方很奇怪，我没明白，您刚才好像一直在追究新郎爬向浴室，您问他为什么，可他坚持不说，这是怎么回事？"

"这是第二层皮影。说来也是绕口，浴池、烟缸，他装作那是管家的布置。浴池的水珠是有人在里边洗澡，烟缸上的纸烟是诰命在里边洗澡。管家的布置使新郎不敢说诰命在洞房，也就不敢说八娘不在洞房。他这布置是为在我看来'管家作案'说得通，因必得封得住新郎的口，管家才会如此作案，故而虽我一再追问，新郎装作不敢言语，他只可让我想到他是爬去浴室向诰命求救，但他死活不能说出他爬向浴室是去向诰命求救。"

"听懂了吗，汪润？如果新郎能张口就说八娘不在洞房，是诰命在洞房，管家马上昭然若揭，谁会相信管家这么傻地作案，所以，新郎一定得替管家置自己于明明八娘不在洞房却不能说的境地。所以，新郎布置成管家布置的封新郎口的布置。"

"这有点像绕口令了，没懂。"

"汪润这样聪明都被绕糊涂了，所以五条刚才说绕口，确实绕口。"

花绽不耐烦地插话，"我想这段已经很清楚了。简而言之，管家作案却有一个明显漏洞，这不合常理，所以新郎得把这个漏洞堵上。余先生请接着讲。"

余仕见电台不时插问，便索性出题，"莫不如我出几道谜题电台答一答。"

"余先生想出什么题，是和本案相关的吗？"

"那是自然，若有猜中者，电台应当多少给一点奖励。"

"这样好，正好，余先生的主意好，余先生请讲题目。"

"第一问，第七次洞房，其间，半天不见了陆舟，等他从楼里出来，我问，他说是新郎上去洞房前嘱他给后厨照相，说是安慰厨役，我当时便想新郎是另有意图，请问诸位，新郎意图何在？"

豪筵影戏

"这个一时难猜。汪润，咱记下来，也请听友诸位记下来，有想法的打电话来。"

"第二问，新郎刚才有句话听着耳生，'美人鱼''长长久久'之类，新郎两次说叨叨，他此话何意？诸位可看到，他这话有何效验？"

"啊，汪润你听到了吗？"

"好像有，新郎说了两次，'美人鱼''远方'什么的。"

"不错，'美人鱼''长长久久'，不急，诸位细想。第三问，名帖哪里去了？"

"名帖，是姓申的那位的名帖吗？"

"不错，八娘接了，锁在洞房铁柜子里，刚才打开却不见了。"

"这也是一件怪事。不过，余先生，这事重要吗？"

"关系非常，一会儿各位就可得见。"

"那好，鄙台就按余先生所说出题悬赏，余先生请继续。"

秀城忽然说话，"我也说一道题，刺客那一刀是谁刺的？"

余仕听似话里有话，"你这一问问得奇，那一戳力道不大，但也非诰命所能为，想是你新郎替诰命戳下的？"

秀城似被说中，低目不再言语。

余仕不解其意，只得回身仍接前言，如同没被打断过，立即续上，"你假作一心只在出差公司，我略算了一算，不过几万大洋，如何够你胃口？你这样只是为自封其口找个由头。我说的是也不是？"

"余先生对自己没信心，每步棋都问。你走下去，把话说完，你是不是想说，我假装为执照？"

"不错，你才可绝口不说婚床调包，不说你为何爬到浴室这里。"

"我猜你说这里我有三步棋，直接说出来吧。"

余仕想想，"三步？不错，正是三步。第一，你假意不能说出调包，可不说出调包自辩就会丢命，'宁死为执照'说不过去；故而第二，你装作不知说与不说调包事关你生死；为此第三，你装作看不出三、四楼调窗，你这个糊涂装得不像，余某的智略远不及你，已能看破调窗，分明碎窗在故弄玄虚，你充傻作痴装看不懂，反倒是破绽。我故意捉弄，挑明浴室无人，可笑你仍是不说八娘不在这里，装傻装得勉强。

"你向我装傻，我便对你作痴。从八娘摔落之地一路看上来，都是你惊疯杀人的迹象，人人都看你是凶手，我知你必有消息，埋伏在哪里等我碰到，替你掀桌翻案。果然，你说不曾见有蛋糕，"余仕拎起月老晃晃，"陷害是丫鬟放下的月老，我却也装傻，不知追究，放过这处消息，看你着急，你竟还有大埋伏，口称托付管家戒指，这处消息精当，令余某顿时了然，这是你将管家与丫鬟牵连一并查出的妙招，你说戒指给了管家，却放进丫鬟衣袋。为这一步，你早有预备，你喝到戒指吐在手里，脸上装作意外，可八娘戳脑门一声'你呀'，显见戒指是你撒娇要赖讨来的。"

秀城闭目，余仕手杖敲敲黄铜床柱，等他睁眼才又道，"新郎深谋远虑，余某已从下棋领教，你布棋长远，伏脉千里，你预先讨要戒指；戒指到手假意不期而来；又在席间故意叫走管家私语，我问了管家，知道你说的是'兄弟照应'之类的虚套，我当时不解，原来是个埋伏，供我事后想起，肯定

豪筵影戏

想你并非虚应客套，而想你那是找管家'托付戒指'；最后，在电梯那里推搡偷放入丫鬟口袋，你这厮步步是招，句句是套。"

余仕手扶床柱，道："你为杀陆舟布局更是长远，你先前几日不知哪里打听到报社的当值坐更安排，摸清了取版、出报的时辰；你留给电台字条，激怒申老板；你为引来小妹，故意拍照，拜堂离得远，你怕小妹看不清楚，特要陆舟拍一张你祠堂喝酒，你算计这张中午取走下午见报，上海人人争睹冬宫新郎红颜，电台采访，你自报家门，清楚说出姓名籍贯，就会传得小妹知道是你。兄妹连心，你知她必来冬宫强拉你走，不过谁知倒先引来了同住的房客敲你竹杠。我找你说有人来找，你以为是小妹到了，直接叫请进来，因此我知你在等人；你也早知陆舟习性，知他见娇艳乡女闹豪门必会拍照；你挽留申老板，拦他留下，因他是皮影戏的要紧角色，你布局他向丫鬟动手，才得脱开'丫鬟随身'。这些都为你假装要胶版拉走陆舟行凶作伏。你谎说陆舟向你要价，幸亏我问他一句，他说你找他是问有无加班费，你是为给我看他摇头，事后引我误会是你向他要版被他讨价还价。

"你处处想得周到，滴水不漏。闹洞房你故作正经赶出陆舟，是为让我知道他有桃色偷拍之癖；你成心敬错烟，是为向我点明诰命专抽骆驼，也叫我看出诰命对你的意思。每个地方你都想到了，第七次下来你何故吃面？只因你下来就去找来管家，他就没有碎窗时机，你要留出空当，也好供我推知管家有时间悄悄进洞房砸窗涂血。"

"五条这回麻烦大了。"

"余先生，余先生，我是汪润。鄙台陆续接到妇女打来的电话，对余先生提出异议。"

"异议？"

"现在有电话正在线上，请问余先生愿不愿意接听？"

余仕点了头。

"他算什么侦探……"

"夫人，夫人，现在余先生能听见，你现在可以和余先生直接通话，您请讲。"

"余先生，你不要为了出名陷害人可以吗？你是不是为了名气把假的说成真的？"

"太太何出此言？"

"你不要继续断案了，今天的事情到此结束，你放过陈先生。"

"太太何意？"

"告诉你，我们刚刚组成了妇女请愿团，我们会向各方申诉，陈秀城无罪！"

"余某惶恐，夫人请见教。"

"就是无罪。余先生，你眼睛是瞎的吗？好人坏人看不出吗？我还想告诉余先生一下，我们已经发电报给北京的妇女协会，调查余先生的底细，谁都有怕人知道的事情，奉劝余先生趁早收场。"

余仕哑然失笑，"太太恕罪，余某确有见不得人之处，眼盲，目不识色。"那边女人叫嚣起来，旁边的旗袍忙将收音机声音关小，余仕忽回身对秀城，"这不是你预先的安排吧？照片上报还有这个目的，色邀女界作援？如此深谋远虑，为败露

豪筵影戏

留此后手，我焉能不服！"

花绽正色道："余先生是不是歧视女性？现在是新时代了，女人欣赏男人不可以吗？"

"是是，不敢不敢，不敢冒犯。只是，女士们爱惜少年，以貌取人，余某愿意体谅。不过，新郎看似弱柳扶风，实则猛鬼上身，女士们请想，仅为作指，设个假象诱我，就害人命。他叫走陆舟，毙其性命，出来下棋心无旁骛，专心在棋，丝毫不以人命为意。哪位女士若是与这等少年鸳鸯相伴，可安睡乎？"

"我为什么刺破衣服呢？"秀城突然又问。

余仕愣，不解他为何还在追"刺客"那一问，"余某猜不了确切，不知你和诰命如何商量的，既为惊吓兰老板，又为离开众人去私会之处寻个借口？"

秀城竟又是低目，不再言语。

余仕一时想不透他，"你这是在说什么？有埋伏，只是我尚不知是怎样的埋伏，惭愧了。言归正传，话说你做完了各样铺垫，机关算尽，自道是志在必得，开场过门奏罢，该你登场！你要了小吃，直上洞房，杀气腾腾，势不可当。不知你如何找到机会，拉铃命管家'伺烟'，八娘若问拉铃何意，你自有言语糊弄。然后吃几口点心，演一出醉八仙，看似中毒，你先稳住八娘，自己引丫鬟进了电梯，突然出来关门让电梯下去。刚走不及五尺，拉开门，你将电梯停住，回头来你与八娘缠斗，作疯癫状令人难辨真假，看似玩笑，又似斗狠，为叫丫鬟看着着急，电梯里上不去下不来，你搂八娘滚到床这边丫鬟看不见处，用块薄垫隔着砸昏八娘，免得弄出伤口，用剑尖在八娘嘴里剌出伤口，用这里的碗盘取了血，盖头封嘴，你大约这个时候才吃了藏在那里的烟毒，之后冲盘子、烟缸，这类费时的事先做了，就去关电梯门。此时开始，你与丫鬟争分夺秒，你砸窗涂血，冲净血碗，关浴池的龙头，只等收音机里报丫鬟拍门，此时毒效已现，听到电台报说丫鬟到了烟室，你勉强努力扔出八娘，爬去浴室，睡倒那里。

"如此，你的事干完了，其余推给余某，按你的操纵，替你详说同靴情，为你归结调窗梦。果真是一盘妙棋，胆大心细，严丝合缝。"

"凶狠，周到。"记者们议论起来。

"和我留学时纽约发生的一件奇案很像。"

"这比去年外滩的案子还奇。"

"我想请问新郎，你上过学吗？这样的思路头脑是怎么来的？"

"你最初是怎么想到这个计谋的？"

"不只是构思计谋，他还要了解很多背景，像婚礼内容什么的。"

余仕一旁问小施："那三问，可有人回答？"

小施听了听耳机，"关于陆舟给厨师们拍照，有朋友猜测是新郎要陷害某个外聘的厨师，用相片证明他在冬宫；还有猜测是陷害陆舟有机会去厨房下毒。"

"这几位都是聪明人，只是想得太过。"

"其实很简单？"

"简单，如果陆舟不去后厨，就会一直在场子里，在众人眼前。"

豪筵影戏

"说他偷拍就不成立？"

"不错。"

"新郎的筹划真是周密。"

"今天冬宫这里的官贵、下人都是他手中的皮影。"

"你发现了没有，汪润？新郎一介流民，利用了几十号人物。"

"没错，几乎没有他没利用的。"

又是花绽提问，"余先生，看起来新郎作案很周密，你是从什么破绽切入的？"

"正要说给他听，"余仕转对秀城，"你可知对付你这等高强的棋手，我怎样赢你？"秀城不睬，"余某无可倚仗，唯有等你的闪失、破绽、意外。"

秀城正眼看余仕。

"不错，你大意了，想不到我跟你去瞧。你酒宴间去了茅房出来，里边干干净净却是一股酒气，你才在里边吐过。那一点黄酒本无大碍，因何吐掉？酒是算不得什么，可一旦'大烟就酒'，便是大害，'小命没有'，故而吐酒，只因你知道，你将'误中'烟毒。后来的事你如何知道，除非是你已然定下的棋路，你的预谋。"

"可是，祠堂的酒，那是烈酒。"方导说。

"无须多言，他之后从祠堂回来洞房也是悄悄吐了。"余仕转向秀城道，"你回了这里必是先进浴室吐酒，丫鬟应看见了可做得干证，还需问一问她吗？"

秀城不睬。

"'陈郎代酒'，自然你也是没有话讲的了？"

秀城不睬。

"话已至此，我看你还是不服。"

"你听懂了吗，汪润，陈郎代酒，新郎替八娘挡酒也有阴谋？"

余仕听见，心下不耐，匆匆言道，"大烟就酒，八娘若喝过酒，谁信她不在洞房却在烟室？"

"我这脑子，蠢，多谢余先生指教。"

"新郎，你第一次出纰漏是在执照事上，你不得不反常态，打断八娘说话，"余仕向江太鞠躬，"小可不由想到，一定是诰命早已答应给他执照了？"江太面露迟疑，终是不语。

余仕问小施："电台那边可有猜凶中了的？"

"是这样，鄙台设置了多个环节，其中猜出凶手是谁，这个环节有很多人中奖，因为很多人参与，有说这位的，有说那位的，甚至都有猜是传铃少年的。"

"还有猜杜月笙的。"

"对，有说杜先生的。"

"说他为什么这么晚来。"

"这样很多人猜，其中有不少猜到是新郎的。但是，具体到作案形式，就没有人说到实处了。"

"除非余大侦探不止阴阳两面，你不会还有翻案，再换凶手，另有一套作案说辞吧？"

洞房众人偷笑，余仕回道，"没有了。"

"那就是这样了，这一环节没有人得奖，指出新郎是凶手的都在理由上站不住脚。"

走到了江边，星光稀疏，江水荡荡，陈秀龄痛哭。

　　　　　　　　　　　　豪筵影戏

余仕看秀城，沉了半晌。

"复盘至此，还有哪步棋没说到吗？"

"你怎么认定是我的？"秀城问。

"你整个破案只根据花生酱？"花绽语中带刺。

余仕问小施，眼却盯住秀城，"名帖那一问，可有人答了？"只见秀城霎时间眼神发散，魂飞相外。余仕向他一笑，却见他已脸色端正如常。

"有猜测说是管家拿走了，还有说八娘派人送出去了。"

余仕仍看秀城，口中慢慢说道："丫鬟被打，却不见八娘安抚，事有蹊跷。"

花绽说："这说明八娘当时在三层，女仆在四层，她和女仆不在一起，这说明余先生刚才的推论不成立。"

秀城暗中深叹一口气，余仕面露得意，"智者千虑，你有一失。丫鬟被打，八娘必是有所安抚，却不见有。八娘这样的身份，岂不怪哉？我忽而想到名帖，怎就不见了，偶一思考，顿时明白，八娘确曾安抚丫鬟，她狠狠撕了名帖，扔在脚前，等丫鬟上来看见。"

"你所有行动都如行云流水，只有这里动作牵强。人问你堵丫鬟、关灯，你只说没有，颇是生硬，这样牵强，只因，此乃意外之失，不是预先想好，你临时处理，只能勉强行事。你出电梯，看到碎帖，情知不妙，忙把丫鬟撞回电梯，关灯，抢步上前捡起碎帖，这几块碎帖若被人看到，必会想到八娘在洞房，在这里。"

"不懂，碎帖和新郎有什么关系？"花绽说。

"名帖消失不见了，故而八娘是在洞房。"余仕手杖顿地。

"不明白，你们谁懂了吗？"花绽说，"余先生的逻辑是怎么来的，从名帖消失，就能判定八娘在洞房吗？"

公子琢磨着，"肯定的，名帖在保险柜，不见了，八娘能打开，八娘在四层。"

花绽摇头，"逻辑上不连续。"

余仕不搭茬，心下不屑，只闻道理，不知逻辑。

余仕向秀城叹息，"此事是你今天最大的意外。今天的事你都做得行云流水，应答也事事妥当得体，只这事上动作做得勉强，事后人问起来你的答对也是敷衍，颇不圆满。你在这事上进退失据，故而可见，这不是你棋路内的事，乃是意外生变。事出意外，仓促应对，故而举止荒疏，言辞牵强，想来，你也只能如此。总而言之，名帖不见了，八娘在洞房，在这里——没有调窗谋杀，只有谋财害妻。"

秀城静，众人皆静，长久地。

　　　　　　　　　　　　　　　豪筵影戏

尾声

忽然电台接进电话来，吓了大家一跳，一个洋人声音，"新郎先生，我是德坦律师，上海妇女请愿团聘用我为你辩护。请你听我的，你没毛病，这个侦探没有证据，你不要再说话，在法庭，你没毛病，你不会被判有罪。"

"这位律师，新郎怎地没毛病？我已然看透了他作案的来龙去脉。"

"你完全是猜，是你想的，你没有证据。"

"名帖不见，八娘在四层，不是证据？"

"什么是名帖？"

汪润忙说："名片，就是名片。"

"哦，那个，那个能证明什么？"

"证明被害人当时在四层，并不在三层，而是和新郎在一起。"

"怎么证明的？"

"因为名帖在保险柜里，只有八娘能打开，所以名帖不见了肯定是八娘拿出来的。如果八娘在三层，这一切做不了的。"

"只有八娘能打开，那你怎么知道现在不在保险柜里边？"

"因为打开看了，没有。"

尾声

"谁打开的？"

"噢。"汪润顿时语塞。

司晋龙说："是管家打开的。是，管家也能打开。"

律师打断，"你不是说只有一个人能打开吗？现在又有一个人能打开，你还能证明什么？"

"但是管家不可能上来，他想不到为这个上来，他撕名帖干什么？"

"我不知道干什么，我和我的委托人不需要知道。这和我的委托人有什么关系？还有，名帖现在在哪里？"

"新郎扔马桶冲掉了。"

"可笑，这个你也是猜的。名帖在哪里你并不知道，而且，你有证据是我的委托人冲进马桶的吗？"不见回音，洋人又说，"那你还说什么，是不是？一切都是你的猜测，你们的猜测，只是你们的想法。好了，我不和你们说了，你们等着去对法官说吧！如果不再有事情的话，请你们离开我的委托人的家，现在就离开。"

"还在找寻证据，如何离开？"

"新郎先生，记住，不要说话。等我去，不要说话。我马上就走。"挂断电话的声音。

"洋人好不晓事，这等清楚的前因后果作不得证据？"余仕拎杖踱步，似是垂头丧气。

江太悄悄褪下戒指，静静地，忽然道出一句，"去叫两个娘姨进来。"

罗马一愣，在下人中扒拉两下，招手叫进两个女佣。

"替我找一找戒指。"江太向女佣道，女佣愣，众人愣，

豪筵影戏

余仕也愣，而后一惊，只听江太说，"在床上。"

一股血涌，秀城的心晃动，江太这颗棋子动了，来解死棋之围。吃着蛋糕，他悄约江太私室幽会，"别惹事，大婚礼的，她闹起来不成了野猪林。""江太不敢？""这有什么不敢？""好，不见不散。"他用餐刀钉住裙子，用力按进椅面，一笑，端蛋糕走了。

余仕惊，慢慢踱到江太面前，远远地站住，"原来新郎'刺客'之问果有用意，指引诰命在此出手。"

"按照我的理解，夫人您是要为新郎作证是吗？"花绽问。

江太不答，只看余仕。

余仕也看江太。

"局势突变，将要逆转！"

"是的，是这样，女士们先生们一定已经明白现在的局面，管家三、四层调窗杀人，如果真是这样，八娘必须是在烟室；而后来余侦探推演的新郎以陷害之局谋杀八娘，如果是这样，八娘应该当时在洞房。所以，有无婚床换位就是关键，现在，现场的这位夫人将作证有换位存在，这是新郎的转机，新郎绝处逢生。"

余仕问："新郎叨念'美人鱼'，那一问，可有人答？"

小施回说："有朋友说是给同伙发送暗号，有朋友说是新郎害怕八娘的魂魄纠缠，向八娘说好话。"

"在下猜想，"余仕向江太躬身，"新郎今天早先一定私下向夫人说过这话。"

江太不理。

"电台的朋友们答得不错，确是暗送秋波。'美人鱼''长长久久'，新郎这话乃是说给诰命听的。听来淡然无味，原来是有大机关。新郎今天某个时辰向诰命说了这话，做个埋伏，当时此话效力尚浅；杀了八娘之后，新郎指东说西，重复一句，明面上说给别人，暗地里说给诰命，本来诰命刺裙约会空等一场，又见杀了八娘，正在怒恨交加，气急败坏，突然新郎重复吟诵这句出来，诰命如坐春风，顿时心意回转，想到新郎今日所为，全是为那'长长久久'。"

"我不确信是不是我理解的意思。余先生说，新郎这话是暗中许给人一个前景？"花绽说。

"不错，他埋伏这句暗语，是为一个锁钥之处，由调包将管家指为凶手，诰命知道真假，她知自己并无换位，定然是管家蒙冤。诰命如拼尽力气咬定绝没有洞房调包，管家就可脱罪，新郎竹篮打水。故而，新郎早早埋伏一句，到时重复吟诵出来，感格①诰命，闭口不语帮他一把——果然，管家被捉拿时不见有人挺身喝止。"

小施插问："余先生刚才说他提问'刺客'是有用意？"

"他得寸进尺要诰命进一步帮忙，见我指凶是他，就反复说'戳裙'一事，示意诰命在此事上相助。果然，诰命明白了。"

众人偷看江太。

"诰命放生新郎，还请三思。新郎今日对诰命多加利用，就如这戳裙约会一事，新郎让诰命空等，意在使诰命不在人前，事后引人猜疑那时诰命到底在哪里，作换位铺垫。新郎诬

---

① 感格：感化，感动，触动。

骗利用，且陷诰命于同靴丑事，诰命救他，不值。"

"我知诰命意思，诰命想他一个男人当以功名利禄为重，占了八娘的财产更好与诰命比翼双飞，为了谋得冬宫，对诰命有所欺瞒也是应当。"

余仕见江太不作表示，遂对秀城说。

"你拦一拦诰命，为救你，诰命自毁。只是，你今日万难逃出生天。若无人命背在身上，你可回头是岸，活得像昨天一样自在，如今两条人命，任谁都是无力回天，放生不了你。"

"我想不争，可是余先生连一件证据都没有。"

"没错，余先生。整个案件你只靠管家上电梯的一个动作。我看，你确立的案情非常不坚固，你甚至连一件物证都没有。"花绽说。

余仕眼带笑意，看秀城，"余某倒是一直苦寻物证，只是，这里少了样东西。"

秀城听了，顿时不作逃脱妄想，把心彻底灰了。

余仕见他不语，走去正面窗前，从脚下捡起那匹长布，顺到窗外，撒手扔下去，又用手杖抽打几下窗台，众人不知他做什么。他回来，仍对秀城。

"复盘至此，可还有何话讲？"

众人见秀城竟就此认输，忙追问余仕："这里少了什么东西？"

余仕不想多说，"与这窗对应之物，他故意藏了，叫我以为是在烟室。"

秀城眼望碎窗，慢慢回过神来，一笑，"下棋你输了，这事我输了。"坐起，下床，越南人忙架住。

尾声 — 257 —

"洋律师的意思，要你死不认账。"

秀城摇头，又是一笑，"落子无悔。"

"还有一事不明，容我多管闲事，好奇问一句，八娘临终，你可说了什么？"

"没什么，夫妻家常话。"秀城站起找出门的衣服。

余仕愣住，因他说夫妻。

衣服在电梯那边衣架上，女佣不愿管，司机跑去拎过来。

余仕问："八娘若还活着，你怎样？"

秀城穿衣，苦笑，不答。

余仕过来搭住肩膀，"不错，我带你看活着的八娘。"

秀城穿好衣服，突然又说："戒指，是她事前给我的，是我的吧？"

余仕点头，秀城从盘子里捡出戒指，握在手里。

余仕领他走向前面，排开众人，直到窗前，低头可见外面银幕耀眼，虽是侧面，仍可看到八娘，舞笑如常。

"八娘没死，你待怎样？"

"不知我家小妹现在到家了没有？"秀城攥住余仕的手，将他推远。余仕伸手拦住身后的众人。

"动手前，我对她说，她先走，我殉妻。"秀城手撑窗台，身子钻出去。

余仕喊："下去了，下去了！"手里是秀城塞在他手里的戒指。

秀城飞身下落，眼前是今日之事，历历在目：一次次缱绻缠绵，他是真心的；与看客们挥霍谈笑，他爱慕江湖上八娘的身影；动手了，他不能不动手，不然，他死，八娘失爱，小妹

豪筵影戏

无依，所以，动手，他搂八娘在地上滚，八娘笑，喜欢，直到看到他眼里的杀意，她仍笑，头被砸了一下，仍笑，手去摸他的脸，听他说，"你先走，我去陪你。"她笑，摸他的脸，似是点了一下头，之后，被砸昏。

秀城撞在地上，不疼，这就是死？他睁眼，一群汉子低头看他，他看自己，看周围，身下是叠了几叠的床单，汉子们说："等你半天了，这么磨蹭。真沉，我们使劲攥，还是砸脱了手。"

余仕探头看下去，自语，"八娘笑了，怪不得。"

冬宫命案续闻（申报）

虽案凶陈秀城已当场跳楼自供，且租界警方事后取得其口供，但其律师斯坦先生坚称一切皆属其委托人中毒之后失去自主意志的言行，要求法庭拒绝采信。至此，控诉方无法提出其他证据，遂自行撤诉。

上海驻军统帅下令严守租界四周，并对陈秀城发出万元赏格，"死活不论"等。

陈秀城经由法庭释放，自行离去，外界至今不见其踪迹。有闻，杜月笙私下相救，将其保护出沪。杜氏所为是经负本案侦探职责之余仕五条先生竭力促成，五条曾谓杜氏曰：人之快活有定数，八娘狂放一生，也是死得其所，杜先生不必为她不甘，且秀城已跳楼死过一次偿命。以上均系坊间传闻猜测，本报无法证实，只作转述，不负法律之责。

纵观冬宫命案，侦探五条先生虽于当夜指凶破案，但终因才识所限未能取得确实证据，致真凶走脱，此案有头无尾，成为憾事，令上海各界唏嘘。

尾声

江大官人夫妻离散（晶报）

本报已获确凿消息，日前备受瞩目的江氏官人夫妇近日正式仳离，概因女方在轰动一时的冬宫命案中有冲动表现，将二人关系状况暴露于大众，男方权衡再三，保留婚姻于官场利少弊多，故有此决定。男方在离婚后发布声明，表示二人关系改鸾凤为手足，两家族仍将互相照应，但女方未留只言片语，据传已买舟东渡，远赴檀香山定居。

冬宫冷寂，像废墟。

司机已经按过两次喇叭，还不见开院门。江太来道别，八娘自己也进了祠堂，她来看她，诀别，此生难再会。

门子见是江太的车，不给开门，跑去报管家。江太命司机下车上前责问，忽见小门开了，管家指着车大骂：“整天没正经，就知道享乐胡闹，人死了，你还来什么，你小心报应，报应！”

江太不作声，招呼司机回来，开车走了。

冬宫又陷入冷寂，安静，像废墟。

冬天，陈秀城的尸体在祖籍乡间被路人发现，怀抱一块板子，是他手制的八娘牌位，眼望江水，倒卧岸边。

入土那天艳阳高照，余仕乘船逆江而上赶到，身后是一群记者。

坟坑边有陈小妹和那青年，小伙不知按哪里的礼俗迎过来，打千谢过，陪到棺前。小妹不看余仕，上次见她也是这样，余仕把秀城暗暗托付的戒指给她，她不要，掉身回了车间干活。戒指只好交在杜月笙手里，杜先生请来纱厂老板，要他给小妹找借口涨工资，钱由杜府按时送去，老板自然答应，只

豪筵影戏

是余下的钱太多，一时不知如何给她，只得慢慢等机会。

在坑里烧了草秆"暖井"，棺材落穴，先由陈秀龄衣襟捧了土撒在棺上，青年随后。余仕等到铁锹填土才见机会，指着飞鸟唤秀城的名字。待众人看时，扬手一抛，将一物投入坑内，众人没理会，接着填土，只余仕觉得棺内的秀城笑了。

余仕也笑，一件随葬之物，半尺长的黄铜器物，顶上一个圆头，几道划痕，取自八娘婚床的床柱。